INSEL DER ANGST
KAISERPALAST
W
O
S
ISLAND
SELTENEN
KÖSTLICHKEITEN
PLOVERDEWS SÜSSIGKEITEN LADEN
INSEL DER 1001 TÜRME

Simon Cherry

Eddy Stone und der Pirat in der Badewanne

SIMON CHERRY

EDDY STONE

UND DER PIRAT IN DER BADEWANNE

Übersetzung aus dem Englischen
von Yvonne Hergane

Mit Illustrationen von
Mareikje Vogler

BAUMHAUS

MIX
Papier aus verantwortungsvollen Quellen
FSC® C083411

Dieser Titel ist auch als E-Book erschienen.

Titel der englischen Originalausgabe:
„Eddy Stone and the Epic Holiday Mash-Up“

Text- und Bildredaktion: Lisa Engels, Anja Girmscheid
Umschlaggestaltung: Tanja Østlyngen unter Verwendung
einer Illustration von Mareikje Vogler
Einbandmotiv: Mareikje Vogler, Hamburg
Satz: two-up, Düsseldorf
Gesetzt aus der Arnhem
Druck und Einband: CPI books GmbH, Leck – Germany
Printed in Germany
ISBN 978-3-8339-0413-4

1 3 5 4 2

Sie finden uns im Internet unter www.baumhaus-verlag.de
Bitte beachten Sie auch www.luebbe.de

Für Alfie und Sam, die mich die Welt immer wieder
mit anderen Augen sehen lassen
(und gefährliche vertrocknete Früchtchen erfunden haben)
SC

1. Kapitel

In dem eine absolut perfekte Schale Cornflakes dran glauben muss, aber total verkorkste Ferien eine tolle Wendung nehmen

Das Geräusch, das Eddy Stones Frühstück unterbrach, hörte sich an, als würde eine Kuh aus dem Kleiderschrank rauspoltern.

„Was zum ...?“

Dabei hatte Eddy gedacht, er würde alle seltsamen Geräusche kennen, die es im alten Häuschen seiner Großmutter hier am Meer gab – den Heißwasserhahn, aus dem das Wasser herausgurgelte, als würde eine Katze Haarballen auswürgen, das Knistern des Schalters für das trübe Licht an der Treppe, das Heulen des Windes, der durch den Riss in seiner Zimmerwand hereinblies. Aber dieses Geräusch war neu – ein tiefes Grummeln hinter den Wandregalen, dazu ein dumpfer Aufprall, der die Milch in Eddys Cornflakes-Schale kräuselte und die Tassen in den Küchenschränken zum Klirren brachte. Eddy wusste es noch nicht, aber dieses Geräusch würde sein Leben derart verändern, dass es nie wieder so sein würde wie vorher.

Das Leben des kleinen Gipsputzklumpens an der Küchendecke auch nicht.

Schon seit über hundert Jahren hing der kleine Klumpen still und leise von der Decke. Ganze Generationen hatten sich unter ihm versammelt, um zu lachen oder zu streiten, um sich an Fischgräten zu verschlucken oder nach mehr Bratensoße zu verlangen. Hunde hatten in unbeobachteten Augenblicken Reste vom Teller geklaut, Katzen flinke Mäuse zwischen den Stuhlbeinen herumgescheucht, und es hatte sogar mal einen verregneten Donnerstagnachmittag gegeben, an dem ein Junge namens Walter seine ganzen Kleider ausgezogen und sich von Kopf bis Fuß grün angemalt hatte, um dann seiner Mutter zu verkünden, dass er den Rest seines Lebens als Frosch verbringen wolle. Und während all der Zeit hatte der kleine Gipsputzklumpen einfach nur da gehangen und nichts gemacht.

Aber heute ... Heute war der Tag, an dem sich für den kleinen Gipsputzklumpen alles ändern sollte.

Im Laufe der Jahre hatte er sich langsam, aber sicher immer mehr von der Decke gelöst, bis er nur noch von einer Farbkruste und einer Schmierschicht alter Spinnweben gehalten wurde. Und dann kam der entscheidende Moment. Begleitet von dem dröhnenden Krachen, das Eddy so überraschte, brach der kleine Gipsputzklumpen von der Decke.

Und stürzte ab.

Richtung Abenteuer.

Richtung aufregendes, neues Leben.

Richtung Eddys Kopf.

Autsch!

Eddy griff sich an die Beule, wo ihn eben etwas …

Hmpf!

Das Etwas landete in seiner Cornflakes-Schale und ließ die Milch auf das Buch spritzen, das er gerade las – genauer gesagt auf das aufgeschlagene Bild einer Galeone.

Na super.

Was Eddy sich zum Frühstück vorgestellt hatte, war eine Schale voller köstlicher Cocoschokocrispys mit Extra-Vitaminen. Was Eddy nun zum Frühstück bekam, war eine Schale voller nicht ganz so köstlicher Cocoschokocrispys mit Extra-Deckenputz – in Form eines schmutzigen Gipsklumpens samt abgeblätterten Farbflocken und staubigen Spinnweben. Die Milch nahm schon eine trübe, schmutzige Graufärbung an.

Damit endete das Abenteuer des kleinen Gipsputzklumpens auch schon. Aber hätte man ihn gefragt, ob dieser kurze Augenblick es wert gewesen war, so lange zu warten, was meint ihr, was er wohl geantwortet hätte?

Er hätte natürlich gar nichts geantwortet. Schließlich war er nur ein kleiner Gipsputzklumpen, der nicht sprechen konnte.

Was für verkorkste Ferien, dachte Eddy. Warum mussten Mum und Dad mich auch ausgerechnet hierher schicken? Ich bin erst seit vier Tagen in Tidemark Bay, aber es ist die totale Katastrophe. Schlimmer kann es nicht mehr kommen, oder?

Die Welt brauchte genau eine Sekunde, um auf Eddys Frage zu antworten. Dann stürzte die halbe Küchendecke herab.

Eddy spähte durch eine Staubwolke zu den nackten Deckenbalken und den entblößten Holzdielen über ihm. Und dann hörte er die Stimme. Eine tiefe, unbekannte Stimme drang von irgendwo über seinem Kopf – wo keine Stimme hätte sein dürfen – zu ihm herunter. Sie sang von Wellen und Wogen und wehenden Winden – oho! Und Eddy wurde klar, dass vorhin nicht irgend*etwas* das Krachgeräusch verursacht hatte – sondern irgend*jemand*!

Ganz langsam, ganz leise schlich Eddy die Treppe hinauf. Der Gesang kam aus dem Badezimmer.

Ganz sachte, ganz vorsichtig schob Eddy die Badezimmertür auf. Der Irgendjemand hockte in der Badewanne.

Mit einem „Oh Gott!" und „Was zum ..." auf den Lippen blieb Eddy stehen und starrte. Ein Pirat. Da saß ein Pirat in der Badewanne.

„Aber ... Was? Wie? Wow!", purzelte es aus Eddys Mund heraus – zusammen mit einer Ladung halb zerkauter Cocoschokocrispys.

Der Pirat lüftete seinen dreieckigen Hut und pustete die Cocoschokocrispys davon herunter. Dann pulte er sich die Cocoschokocrispys aus dem verfilzten schwarzen Bart, schnipste die Cocoschokocrispys von der goldenen Borte an seinem grünen Mantel, zupfte die Cocoschokocrispys von der Oberseite seiner hohen schwarzen Stiefel und wischte sich die Cocoschokocrispys von der rot-weiß gestreiften Kniebundhose.

„Bist du ein echter Pirat?", fragte Eddy.

Der Pirat hustete einen einzelnen Cocoschokocrispy aus und antwortete betont langsam, als wolle er einer begriffsstutzigen Ziege eine besonders schwierige Matheaufgabe erklären.

„Nein, ich bin eine verzauberte Prinzessin. Bei allen wilden Wassern! Wonach seh ich denn aus?"

„Nach Pirat", sagte Eddy.

„Dann hätten wir das ja geklärt", sagte der Pirat. „Und jetzt hab ich eine Frage an dich. Wie soll man in dieser Metallkoje schlafen können? Das Ding ist ja härter als zehn Jahre alter Schiffszwieback!"

„Das ist keine Koje", sagte Eddy, „sondern eine Badewanne."

„Ach du stinkiger Fisch!", brüllte der Pirat, sprang auf und schlug sich an der schrägen Badezimmerdecke den Kopf an. „Ich hatte mir geschworen, nie einen Fuß in so ein Ding zu setzen. Ist gegen die Natur, so was!"

Er hüpfte aus der Wanne heraus.

„Vorsicht, wo du hintrittst", warnte ihn Eddy. „Die Bodendielen sind schon ziemlich ..."

Aber zu spät. Als der linke Stiefel des Piraten auf den Boden auftraf, rutschte das Bodenbrett mit einem schmierigen Schmatzen unter ihm weg, während der Stiefel seinen Weg nach unten fortsetzte, dicht gefolgt vom restlichen Piratenbein.

„Vorsicht, da unten!", schrie der Pirat. „Bei meinem Bart, die Planken sind so morsch wie ein Räucherhering vom letzten Weihnachtsfest! Wie konntest du es nur so weit kommen lassen?"

Eddy lehnte sich gegen den Rand der Badewanne.

„Ich war das nicht. Das Haus gehört meiner Großmutter. Meine Eltern haben gesagt, sie müssen in den Sommerferien arbeiten und könnten sich nicht um mich kümmern, deswegen haben sie mich hierher verfrachtet. Hier würde ich viel Spaß und frische Seeluft abkriegen, haben sie gesagt. Was für ein Blödsinn! Spaß gibt's null – außer man versteht unter Spaß, sich von den Kindern hier mit Stöcken und Apfelresten bewerfen zu lassen. Na ja, zumindest mit der frischen Seeluft hatten sie recht. Durch die fehlenden Fensterläden kommt ne Menge frische Luft rein. Meine Großmutter hat das Haus total verrotten lassen", erklärte Eddy und knibbelte ein Stückchen Rost von der Wanne. „Es dauert bestimmt nicht mehr lange, bis das ganze Ding hier einstürzt."

„Und dieser Fußboden hat schon mal damit angefangen", sagte der Pirat und versuchte sein Bein aus dem Loch zu befreien.

„Meiner Großmutter fällt es nicht mal auf, in welchem Zustand das Haus ist“, sagte Eddy. „Die kriegt sowieso fast nichts mehr mit. Ganz schön schusselig ist sie geworden. Gestern Abend hat sie mir statt Kakaopulver einen Brühwürfel in die heiße Milch gekrümelt. Total süß und fett war die danach, igitt! Ich hab den Geschmack immer noch auf der Zunge. Und selbst wenn ihr klar wäre, wie das Haus zerfällt, wüsste ich nicht, was sie dagegen tun könnte. Es würde ein Vermögen kosten, das alles hier in Ordnung zu bringen!“

„Ein Vermögen!“, rief der Pirat aus. „Deswegen bin ich also hier! Um das Haus zu retten!“

Mit einem mächtigen Ruck befreite er sein Bein aus dem Loch im Boden – und gleichzeitig aus dem Stiefel, der stecken blieb und ein Stockwerk darunter von der Küchendecke baumelte. Der Pirat plumpste auf den Allerwertesten, Füße in die Luft gereckt. Ein schmuddeliger großer Zeh, der aus einer mottenzerfressenen Socke herausragte, wackelte unter Eddys Nase vorbei.

„Ich hab letzte Nacht nämlich was geträumt“, erklärte der Pirat. „Ich hab geträumt, ich würde jemanden kennenlernen, der dringend ein Vermögen braucht, und würde dann zu einer großen Suche aufbrechen. Denn im Traum hab ich eine Karte gefunden. Und zwar nicht irgendeine Karte, sondern eine Schatzkarte!“

„Eine Schatzkarte!“, sagte Eddy. „Das klingt gut!“

„Und es war auch nicht einfach irgendeine popelige alte Schatzkarte, oh nein. In meinem Traum ist mir auch ein Wort erschienen, das mit flammenden Buchstaben in den Himmel geschrieben war. Ein Name. Und der Name lautete ..." Der Pirat beugte sich zu Eddy vor und raunte mit tiefer Stimme: „... Krummbart! Und was das bedeutet, muss ich dir ja wohl nicht erst erklären."

„Na ja, du könntest mir zumindest einen Hinweis geben", sagte Eddy.

„Soll das heißen, du hast noch nie was von Krummbart gehört, dem wohlhabendsten Piraten, den es je gegeben hat?"

„Ich hab einen Haufen Bücher über Schiffe und Piraten gelesen", sagte Eddy. „Aber ich bin sicher, dass in keinem davon ein Pirat namens Krummbart erwähnt wurde."

„Ach, vergiss deine Bücher. Wir werden seinen vergrabenen Schatz finden."

„Wir!", rief Eddy aus. „Du meinst – ich ...?"

„Na klar, ich brauch doch einen anständigen Schiffsjungen. Wenn du hier sowieso keinen Spaß hast, kannst du doch auch

mitkommen und mit mir zusammen Spaß haben, oder? Na, hast du den Grips und den Mumm, dich ins Abenteuer zu stürzen? Wenn wir richtig viel Glück haben, bekommen wir unterwegs vielleicht sogar Gelegenheit, eine mächtige Kanone abzufeuern und ein paar Sachen in Brand zu stecken!"

„Abenteuer! Schätze! Explosionen! Keinen Brühwürfelkakao mehr! Aber klar!", rief Eddy. Auf einmal kamen ihm die bevorstehenden Sommerferien gar nicht mehr so schrecklich vor. „Oh, aber ich glaube, ich muss erst meine Großmutter um Erlaubnis bitten."

2. Kapitel

In dem erst der Pirat einschlägt, dann Eddy und schließlich eine bombige Überraschung

Eddy und der Pirat stapften gemeinsam nach unten. Als der Pirat sich gerade seinen Stiefel von der Küchendecke herunterangelte, drang ein Schrei aus dem Wohnzimmer herüber. „Schöne Pflaumen!“

„Das war meine Großmutter“, erklärte Eddy.

„Zu ein paar Pflaumen würde ich nicht Nein sagen“, sagte der Pirat. „Ich hab ein bisschen Kohldampf, und ein Stückchen Obst käme mir gerade recht.“

„Das sind keine richtigen Pflaumen“, sagte Eddy. „Sie redet von ihrem Spielautomaten. Als ich klein war, hatte sie den größten Spielsalon in Tidemark Bay. Die Königin der einarmigen Banditen wurde sie genannt. Aber irgendwann kamen nicht mehr genug Leute, und sie musste schließen. Ich glaube, der ganze Stress um den Spielsalon hat sie ganz schusselig im Kopf gemacht. Jetzt hat sie nur noch einen einzigen Automaten, im Wohnzimmer. Und ein riesiges Glas mit alten Zehn-Cent-Münzen, mit denen sie den Automaten füttert. Wenn ihr die Münzen ausgehen, sperrt sie das Ding auf, schaufelt die Münzen wieder ins Glas und fängt von vorn an. Stundenlang sitzt sie da jeden Tag dran."

„Die Königin der einarmigen Banditen", wiederholte der Pirat. „Klingt nach einem echten Vollweib. Aber ist schon seltsam, dass sie lauter Einarmige in ihrer Banditenbande hatte, oder?"

„Nein, nein, das hast du falsch verstanden", sagte Eddy. „Man zieht an einem Hebel und ..." Er sah dem Piraten an, dass er kein Wort begriff. „Das ist alles ein bisschen kompliziert zu erklären. Aber falls du Hunger hast – im Kühlschrank ist noch kaltes Hähnchen. Ich hol's dir."

Seine Großmutter hatte Eddy gesagt, er dürfe sich jederzeit alles nehmen, was er wollte, also würde es ihr sicher auch nichts ausmachen, wenn das Hähnchen aufgegessen wurde. Wahrscheinlich würde es ihr nicht mal auffallen.

Er nahm den Teller aus dem Kühlschrank – und wich erschrocken zurück.

„Iiihh!"

Mit den falschen Zähnen, die hinter dem Teller gelauert hatten und ihm jetzt von der Butterschale aus entgegengrinsten, hatte er nicht gerechnet.

„Alles klar bei dir, mein Junge?"

„Ja, alles bestens. Meine Großmutter hat nur mal wieder was durcheinandergebracht. Jetzt versteh ich auch, warum gestern Abend ein Glas Wasser mit einer Scheibe Schweinebraten darin im Badezimmer stand."

„Ja, das hat mich auch etwas gewundert“, sagte der Pirat. „War kein besonders leckeres Frühstück. Die Brühe hat nicht wirklich gut geschmeckt.“

Eddy reichte ihm das Hähnchen.

„Ich werde meiner Großmutter mal ihr Gebiss bringen. Und ein paar eingelegte Zwiebeln gleich dazu, die liebt sie. Ich wette, sie hat schon wieder vergessen etwas zu essen.“

Als er bei ihr ankam, konzentrierte sie sich gerade auf ihren nächsten Zug: Sie wollte unbedingt drei Orangen in einer Reihe bekommen. Eddy wartete, bis sie am Hebel gezogen hatte, dann sprach er sie an.

„Ist es okay, wenn ich heute mit einem Piraten auf Abenteuerreise gehe?“

Eddys Großmutter war es gewohnt, dass die Fantasie ihres Enkels mit ihm durchging. Erst gestern hatte er ihr erzählt, er habe sich mit einem Astronauten und ein paar Aliens am Strand verabredet. Und am Tag zuvor war er mit einem Naturforscher in den Wald aufgebrochen, um einen verschollenen Dschungelstamm zu suchen.

„Geht in Ordnung“, sagte sie und rückte sich das Gebiss im Mund zurecht. „Wirklich nett, dass du so viele imaginäre Freunde hast. Sieh nur zu, dass du rechtzeitig zum Abendessen wieder da bist. Und verlier deine Socken nicht.“

„Okay“, sagte Eddy. „Aber er ist kein imaginärer Freund. Er ist echt.“

„Natürlich. Und hat er auch einen Namen, dein Piratenfreund?“ Sie mampfte eine eingelegte Zwiebel.

„Das weiß ich nicht“, sagte Eddy und verließ den Raum. „Aber ich werde ihn gleich fragen.“

„Einen Namen!“, sagte der Pirat, als sie sich auf den Weg durch den Garten machten. „Logisch hab ich einen Namen. Ich bin der Fiese Miese Olle McScholle. Aber du darfst mich gern Käpt'n nennen.“

„Bist du wirklich fies und mies?“

„Na ja, ich kann schon mal grummelig werden, wenn ich mir beim Anziehen aus Versehen den Bart mit einknöpfe. Und wie nennt man dich hierzulande so?“

„Hierzulande sagen sie meistens ‚Hey, Städter-Spacko!‘ oder einfach nur ‚Hey!‘ zu mir. Aber meine Freunde zu Hause nennen mich Eddy. Eddy Stone.“

„Freut mich, deine Bekanntschaft zu machen“, sagte der Pirat.

Als sie sich einer Hecke näherten, ploppten auf einmal zwei Köpfe dahinter auf.

„Hey, Städter-Spacko!“, rief der größere der beiden Jungs.

„Hey!“, fügte der kleinere hinzu.

„Ich wette, die meinen dich“, sagte der Käpt'n zu Eddy.

Die Wette hätte er gewonnen.

Eine Sekunde später wirbelten zwei Arme durch die Luft, und – zack! – flogen Eddy zwei überreife Tomaten entgegen.

Die erste segelte an ihm vorbei. Die zweite hatte nicht so viel Glück und klatschte als matschige Pampe mitten auf sein T-Shirt.

Die zwei Jungs konnten sich kaum halten vor Lachen und rannten dann über den Rasen davon.

Eddy holte ein Taschentuch heraus und wischte sich den roten Schmodder weg.

„Ich kann's kaum erwarten, von hier abzuhauen", sagte er. „Mit mir will eh keiner befreundet sein."

„Du musst dich wehren", sagte der Pirat. „Ihnen klarmachen, dass sie dich nicht ungestraft so behandeln können."

„Als sie mich das erste Mal mit Stöcken beworfen haben", erzählte Eddy, „wollte ich erst zurückwerfen. Aber wozu? Sie würden sich nur größere Stöcke holen. Und sie sind in der Überzahl. Aber jetzt muss ich mich nicht mehr lange mit denen rumschlagen. Wir gehen ja bald auf Schatzsuche."

Gemeinsam machten sie sich auf den Weg in die Stadt. Früher war Tidemark Bay ein wuseliger kleiner Ferienort gewesen, voller Leute, die Fisch und Pommes aßen und sich am Strand einen Sonnenbrand holten, sodass sie den Rest des Urlaubs im dunklen Hotelzimmer verbringen mussten. Aber inzwischen zogen sie es wohl vor, in ein Flugzeug zu steigen und ihren Fisch mit Pommes in fremden Ferienorten zu essen und sich ihren Sonnenbrand – plus Resturlaub im verdunkelten Hotelzimmer – an fremden Stränden zu holen. Offenbar fanden sie das viel aufregender.

Also sah Tidemark Bay mittlerweile so einsam und verloren aus wie ein Schaf im Supermarkt.

„Als Erstes müssen wir die Schatzkarte finden“, sagte der Pirat.

„Super“, erwiderte Eddy. „Wo fangen wir an zu suchen?“

„In meinem Traum gab es einen alten Trödelladen mit ganz vielen kaputten Möbeln im Schaufenster und mit einer riesigen alten Maschine, von der keiner mehr wusste, wozu sie gut war. Der Laden gehörte einer Frau, die keine Ahnung hatte, was sie für die Sachen verlangen konnte. Ganz hinten im Laden stand, unter einer dicken Staubschicht, unter einem Glaskasten, in dem ein ausgestopfter, als Soldat verkleideter Hummer ausgestellt war, und unter einer kupferfarbenen Kuchenbackform, die aussah wie ein Krake, also, unter alldem stand eine schäbige uralte Seemannstruhe samt Geheimfach – und darin war die Schatzkarte versteckt.“

Als sie um die nächste Ecke bogen, sahen sie ihn: den alten Trödelladen, in dessen Schaufenster ein Haufen dreibeiniger Stühle stand, dazu ein Schrank ohne Türen und ein riesiges altes Ding mit der Aufschrift *Antiker Kartoffelschäler*. Die Maschine hatte ein Preisschild, auf dem erst *39,50 Pfund* gestanden hatte, die dann durchgestrichen und durch *75 Pence* ersetzt worden waren, nur um schließlich auch durchgestrichen und durch *18 Euro* ersetzt zu werden.

„Ha!“, rief der Käpt'n aus und betrat den Laden. „Komm mit!“

„Kann ich Ihnen helfen, die Herrschaften?", fragte die grauhaarige Dame, die den Trödelladen führte.

„Wir wollen uns nur mal umschauen, vielen Dank", erwiderte der Pirat.

Ein winziges Blitzen sprang ihnen ins Auge. Ganz hinten im Laden traf ein Sonnenstrahl auf eine kupferfarbene Kuchenbackform, die aussah wie ein Krake. Sie lag auf einem Glaskasten, in dem ein ausgestopfter, als Soldat verkleideter Hummer ausgestellt war. Und darunter stand, von einer dicken Staubschicht bedeckt, ein großes Ding, das sehr stark an eine schäbige uralte Seemannstruhe erinnerte.

„Überlass das mir", raunte der Käpt'n Eddy zu. „In solchen Läden werden Wucherpreise verlangt, wenn man sich anmerken lässt, dass man hinter was ganz Bestimmtem her ist. Man muss so tun, als würde man eigentlich was ganz anderes kaufen wollen, und nur wie nebenbei erwähnen, dass man eventuell auch an einer ... sagen wir mal, schäbigen alten Seemannstruhe interessiert wäre. So kann man einen günstigeren Preis rausschlagen."

Als er sich zu der Ladeninhaberin umwandte, fiel ihm hinter ihr eine Wand voller riesiger, grellbunter, zugekleisterter Gemälde ins Auge.

„Seien Sie gegrüßt, gute Frau. Wirklich ein wunderbares Gemälde, das Sie da haben." Er deutete auf ein schreiend gelbes Bild mit violetten Flecken.

„Finden Sie?" Die Ladenbesitzerin wirkte überrascht, wusste

sie doch selbst, wie grässlich das Gemälde in Wirklichkeit war. Wie alle Bilder in ihrem Laden war auch dieses ein Werk ihrer Tante, die keinerlei künstlerische Begabung besaß. Selbst ein Esel, dem man einen Pinsel ins Maul klemmte, hätte hübschere Gemälde produzieren können. Mit verbundenen Augen. Die Frau hängte die Bilder nur deswegen in ihrem Laden auf, weil sie zu höflich war, um die Gefühle ihrer Tante zu verletzen.

„Wirklich ein ... ähm ... süßes Hündchen, das da porträtiert wurde“, fuhr der Pirat fort.

„Das Bild zeigt das Taj Mahal im Mondschein, mein Herr“, entgegnete die Ladenbesitzerin.

„Ich gebe Ihnen zwei Dublonen dafür.“

„Vierzig Pfund“, sagte die Frau, die keine Ahnung hatte, wie viel zwei Dublonen in Pfund umgerechnet wert waren.

„Drei Dublonen“, sagte der Käpt'n, der seinerseits auch keinen Schimmer hatte, sich das aber auf keinen Fall anmerken lassen wollte.

„Dreißig Pfund.“

„Drei Dublonen und dazu einen Ring mit dem Bild einer Meerjungfrau drauf.“

„Einverstanden!“

Der Pirat spuckte sich in die Hand und streckte sie der Ladenbesitzerin entgegen, um den Handel zu besiegeln. Ein bisschen Münzengeklimper und einen Meerjungfrauenring später standen der Käpt'n und Eddy wieder draußen auf dem Bürgersteig und hielten ein bemerkenswert lebensechtes Gemälde von einem Klecks Heidelbeermarmelade auf gelber Soße umklammert.

„Das nenn ich ein Schnäppchen!", sagte der Pirat begeistert.

„Aber das nenn ich keine Schatzkarte", wandte Eddy ein. „Vielleicht solltest du das nächste Geschäft lieber mir überlassen."

Damit betraten sie den Trödelladen zum zweiten Mal. Die Besitzerin war gerade dabei, sich mit einem Geschirrtuch, auf dem alle Quallen der Weltmeere abgebildet waren, die Piratenspucke von der Hand zu wischen.

„An der Truhe dahinten wären wir auch interessiert", sagte Eddy.

„Oh ja, die hat mal einem krummbeinigen alten Seemann gehört", sagte die Frau.

„Haben Sie eine Ahnung, wie viel die wirklich wert ist?"

„Nicht im Entferntesten, Schätzchen", gestand die Ladenbesitzerin.

„Ein Pfund und zweiunddreißig Pence", sagte Eddy. Zufällig war das genau die Summe, die er aktuell in der Tasche hatte.

„Abgemacht!", sagte die Frau, die sich freute, an einem Tag gleich zwei Sachen verkauft zu haben. „Ich nehm nur schnell den Glaskasten mit dem Hummer und die kupferfarbene Kraken-Backform herunter, damit wir die Truhe rausziehen können. Und dann wollt ihr bestimmt, dass ich euch zeige, wie man das Geheimfach öffnet, in dem die Schatzkarte versteckt ist, nicht wahr?“

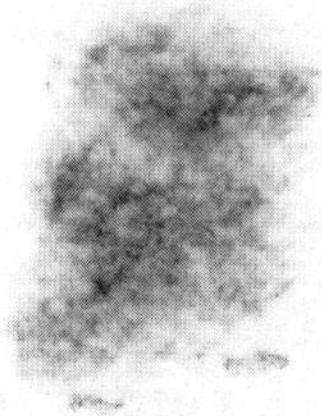

3. Kapitel

In dem die Legende von Krummbart erzählt wird

„Da gibt's einen Trick, um die Truhe aufzukriegen", sagte die Ladenbesitzerin. „Der krummbeinige alte Seemann hat ihn mir gezeigt. Man muss erst den Kopf von dem Delfin drehen, der an der Vorderseite reingeschnitzt ist." Sie tat es, und sofort glitt eine kleine Platte neben dem Delfinkopf nach innen weg und gab den Blick auf einen tränenförmigen Kristall frei.

„Dann muss man die Truhe ins Tageslicht ziehen."

Eddy und der Pirat verschoben die Truhe, bis das Sonnenlicht darauffiel. Kaum hatte ein Strahl den Kristall getroffen, leuchtete er rosafarben auf, und im Deckel der Truhe klappte plötzlich eine Luke hoch. Unter leisem Zahnrädergeklicker fuhr eine winzige goldene Harfe nach oben.

„Dann muss man die Harfe anschlagen."

Die Ladenbesitzerin fuhr mit den Fingern über die Saiten des kleinen Instruments. Wie Engelsgeflüster erfüllten die Töne den Laden, dann schwollen sie zu einer wunderschönen Melodie an, die selbst das Herz einer Mörderwespe zum

Schmelzen gebracht hätte. Das rosafarbene Leuchten des Kristalls drang bis in die finsterste Ecke des Ladens, und die Truhe selbst schien von einer geheimnisvollen Energie erfüllt zu sein, die sie zum Beben brachte. Eddy spürte, wie die Musik kitzelnd durch seinen Körper floss, von der Nasenspitze bis zu den Zehen.

„Und dann", sagte die Besitzerin, „muss man das hier machen."

Sie holte mit einem Bein aus und trat, so fest sie konnte, gegen die Truhe. Das Licht erlosch, die Musik verstummte, die Truhe stöhnte lautstark auf, und eine verborgene kleine Schublade sauste wie ein Geschoss quer durchs Geschäft. Sie prallte gegen einen Weidenkorb, brach aus einer Vase eine große Scherbe heraus, krachte in einen alten Eimer und überschlug sich in der Luft.

Schließlich fiel eine ausgeblichene und staubige Papierrolle zu Boden und kullerte auf sie zu, wobei sie sich langsam ausrollte. Die Ränder waren eingerissen, das ganze Ding voller Schmutz und Flecken. In einer Ecke war ein Kompass eingezeichnet, und mit jeder Sekunde wurde mehr von dem ganzen Bild sichtbar. Schließlich blieb die Schatzkarte ausgebreitet vor ihren Füßen liegen, komplett mit Inseln samt zerklüfteter Berge und Palmen. Ein merkwürdiger Duft haftete an ihr, ein Duft nach Abenteuer und Knitterfalten und altem Kohl.

„Eine echte Piraten-Schatzkarte!", rief Eddy.

„Krummbart!", brüllte der Käpt'n.

„Verzeihung, Schätzchen, aber …“, sagte die Ladeninhaberin. „Was ist ein Krummbart?“

„Jetzt nicht Sie auch noch!“, sagte der Pirat. „Na gut, dann pflanzt euch auf eure Hinterteile und spitzt die Ohren, denn ich werde euch eine Geschichte erzählen – **eine Legende von Gier und Torheit und Grausamkeit und Wahnsinn. Ich erzähle euch die Legende vom Piraten Krummbart!**“

„Könntest du das vielleicht auch mit einer weniger komischen Stimme machen?“, fragte Eddy.

„**Was für eine komische Stimme denn?**“

„Na die! Du hörst dich auf einmal ganz seltsam und altmodisch und verschwurbelt an.“

„**Tatsächlich? Oh, 'schulligung.** Ich meine, Entschuldigung. Na gut – Krummbart, also, das war ein richtig Wilder. Er und sein Schiff, die *Primel*, galten als der Schrecken der Meere. Und man muss schon ein echt schrecklicher Schrecken sein, um sich leisten zu können, sein Schiff nach so einem Unkraut zu benennen. Krummbart fand es lustig, erwachsene Männer erzittern zu sehen, sobald sie den Namen eines kleinen Blümchens hörten. Aber so war er, unser Krummbart – schärfer als sein Sinn für Humor war allein sein Entermesser. Fünf furchtlose Jahre hindurch“, fuhr der Käpt'n fort, „durchquerte er raubend und brandschatzend die Meere und häufte dabei die größten Reichtümer an, die je ein Pirat gesehen hat. Und er ließ es sich gut gehen – und wie! Er liebte es, im Luxus zu schwelgen – teure Weine, exquisite Schokolade, Hummer und Kaviar schon zum Frühstück. Wo auch immer Piratengeschichten erzählt wurden – den Namen Krummbart kannte jedes Kind. Und auch darauf war er stolz. Er bezahlte sogar Dichter dafür, dass sie Verse über ihn verfassten und die Kunde von seinen Beutezügen bis in die entlegensten Winkel der Welt verbreiteten.

Doch mit der Zeit begannen die vielen Schätze ihn zu belasten. Er konnte kaum noch an etwas anderes denken. Immer wenn jemand seine goldenen Westenknöpfe oder seine silbernen Schuhschnallen bewunderte oder die Diamanten, die er sich in die Zähne eingesetzt hatte, argwöhnte Krummbart auf der Stelle, derjenige wolle ihn bestehlen. Immer wenn jemand ihm die Hand schüttelte, zählte er hinterher die Rubinringe an seinen Fingern durch, um sicherzugehen, dass noch alle da waren. Und dann zählte er noch seine Finger durch – nur für alle Fälle.

Irgendwann beschloss Krummbart schließlich, seine wertvollsten Schätze an einem geheimen Ort zu verstecken, wo niemand sie je finden würde. Also lud er eine große Eichentruhe bis oben hin voll – es heißt, er hätte Perlen so groß wie Rosskastanien hineingepackt, Diamanten so groß wie Möweneier und Smaragde so groß wie ... wie richtig dicke Hamster.

Dann nahm er in einer mondbeschienenen Nacht seine zwei vertrauenswürdigsten Männer mit, ruderte zu einer tropischen Insel hinaus und vergrub dort die Truhe. Doch dann entschied er, dass selbst seine zwei vertrauenswürdigsten Kameraden nicht vertrauenswürdig genug waren, das Geheimnis des Verstecks zu bewahren. Also schoss er sie beide über den Haufen. Es heißt, sie seien mit einem grässlichen Fluch auf den Lippen gestorben – einem Fluch, der seitdem auf Krummbart und seinen Schätzen lastet.

Was danach geschah, weiß niemand so genau. Manche sagen, Krummbart habe irgendwann nicht mal mehr sich selbst vertraut, sondern befürchtet, er könne sich im Schlaf verraten, und sich deswegen selbst erschossen. Andere dagegen behaupten, er sei verrückt geworden und habe in seinem Wahn ein Schiff aus reinem Gold erbauen lassen, das direkt nach dem Stapellauf – flutsch – auf den Meeresboden gesunken sei – mit Krummbart und seiner ganzen Mannschaft an Bord. Und wiederum andere sagen, er habe den Namen Nigel angenommen, einen kleinen Teeladen eröffnet und den Rest seines Lebens mit dem Backen von Keksen zugebracht.

Auf jeden Fall weiß seither kein Mensch, wo Krummbarts Schatz vergraben liegt. Bis jetzt diese Karte aufgetaucht ist. Wir werden reich, Eddy, mein Freund! Schon mit der nächsten Flut stechen wir in See!"

„Genial!", rief Eddy. „Ich meine, aye, aye, Käpt'n! Und wann stößt die restliche Mannschaft zu uns?"

„Ach du stinkiger Fisch!", rief der Pirat. „Ich wusste doch, dass ich was vergessen hab. Wir brauchen ja eine Mannschaft!"

Die Ladenbesitzerin räusperte sich leise.

„Ähem! Ich würde sehr gern mit euch kommen."

„Sie?“ Der Käpt’n musterte sie von oben bis unten. Die Frau blinzelte ihn durch ihre Brille an.

„Sind Sie überhaupt schon mal zur See gefahren?“

„Ich war einmal mit der Fähre drüben in Frankreich.“

„Wissen Sie in der Schlacht mit einem Entermesser umzugehen?“

„Ich bin sicher, das kann ich ganz schnell lernen. Mit dem Kartoffelschäler bin ich jedenfalls schon jetzt unschlagbar.“

„Uns steht eine Reise voller Mühen und Gefahren bevor. Ich müsste schon sehr verzweifelt sein, um ausgerechnet Sie mit an Bord zu nehmen.“

„Oh.“ Die Ladenbesitzerin gab sich Mühe, nicht allzu enttäuscht zu klingen.

„Was ich bräuchte“, fuhr der Pirat fort, „sind zwei Handvoll wettergegerbter alter Seebären, die mit allen Wassern gewaschen sind und durch deren Adern Salzwasser fließt. Aber wo in aller Welt soll ich die bloß auftreiben?“

4. Kapitel

In dem alles vorkommt, was ein Piratenkapitän so braucht

„Darüber hab ich schon mal was gelesen“, sagte Eddy. „Piratenkapitäne heuern ihre Mannschaft in dunklen Spelunken an, in denen sich lauter finstere, skrupellose Ganoven rumtreiben, die für ’n Appel und ’n Ei selbst die eigene Großmutter verscherbeln würden.“

„Ganz recht“, sagte der Käpt’n. „Dann wollen wir uns mal auf die Suche machen.“

Schon bald entdeckten sie eine düstere, feuchte Gasse, die zu einem noch düstereren, feuchteren Hinterhof führte. Eine Ratte huschte durch ein Loch in den schmutzigsten, schäbigsten, stinkigsten und schmierigsten Schuppen, den Eddy je gesehen hatte. Er war sogar so schmutzig, schäbig, stinkig und schmierig, dass die Ratte nur einen Augenblick später würgend und nach Luft ringend wieder herausgeschossen kam.

Ein dreckiges Schild baumelte über ihren Köpfen: *Zur Knallharten Kneipe*. Und Eddys Blick fiel auf einen fleckigen, handgeschriebenen Zettel, der an die Tür genagelt worden war.

„Schau mal, Käpt'n. Da steht: *Großmütter in allen Größen zu verscherbeln. Drinnen nachfragen.*"

„Perfekt", sagte der Pirat.

Aber es war nicht perfekt. Es war geschlossen.

Da entdeckte Eddy einen zweiten Zettel, der mithilfe von ein paar Resten Kartoffel-Fleisch-Pastete von innen an eine Fensterscheibe gepappt worden war.

„*Sind zur Frikadellen-Faustkampf-Europameisterschaft aufgebrochen. Bis in zwei Wochen, ihr Weicheier!*", las Eddy vor.

„So lange können wir aber nicht warten", sagte der Pirat. „Wir müssen die nächste Flut erwischen. Die Lage ist verzweifelt!"

„Verzweifelt? Dann bin ich eure Rettung!" Die Trödelladenbesitzerin hüpfte hinter einem alten Fass hervor. „Bitte, Käpt'n. Sie können sich nicht vorstellen, wie das ist, Woche für Woche in diesem Geschäft zu stehen. Manchmal krieg ich den ganzen Tag keine Menschenseele zu Gesicht. Ich hab schon immer davon geträumt, zur See zu fahren und Abenteuer zu erleben. Geben Sie mir eine Chance, Schätzchen."

Der Käpt'n seufzte.

„Was hab ich schon für ne Wahl? Na, meinetwegen. Von jetzt an bist du meine Crew. Du sagst gefälligst Käpt'n zu mir, und wie ich dich nenne, ist meine Sache, weil ich hier nämlich der Bestimmer bin, klar?"

„Klar, Schätzchen."

„Ich sagte, du nennst mich Käpt'n."

„Alles klar, Käpt'n Schätzchen."

„So. Und jetzt ... Bevor wir den Anker lichten, brauchen wir noch ein paar unerlässliche Ausrüstungsgegenstände. Zum Beispiel ein Fernrohr."

„Hab ich!", sagte die Crew. Sie zog einen riesigen roten Rucksack hinter dem Fass hervor, wühlte darin herum und förderte schließlich ein Messingfernrohr zutage.

„Und einen Kompass."

„Hab ich!"

„Und ein ..."

„Logbuch, Hängematten, Laternen, Tintenfässchen, einen Federkiel und eine Buddel voll Rum. Hab ich alles."

„Wow", sagte Eddy. „Dann fehlt ja nur noch ..."

„Die Küchenspüle", unterbrach ihn die Crew. „Hab ich auch. Ich hab alles, was ein Piratenkapitän braucht."

„Und wo ist dann meine Karotte?", hakte der Pirat nach. „Ich brauch eine Karotte auf meiner Schulter."

„Du meinst einen Papagei?", sagte Eddy.

„Nein, eine Karotte", beharrte der Käpt'n.

„In meinen Büchern stand überall, dass Piraten einen Papagei auf der Schulter tragen. Von einer Karotte war nicht die Rede."

„In deinen Büchern stand auch nichts von Krummbart", gab der Pirat zu bedenken. „Ich wette, die wurden alle von irgendwelchen dämlichen Landratten geschrieben, die keine Ahnung von echter Seefahrt hatten. Bestimmt hat irgendwann ein verrückter Vogelfan aus Spaß einfach *Papagei* statt *Karotte* geschrieben, und – schwuppdiwupp – haben es die anderen kopiert. Warum in aller Welt sollte man sich einen Papagei auf die Schulter setzen? Der würde einem doch nur am Ohrläppchen knabbern und aufs Hemd kacken. Blöde Idee!"

„Und wozu soll eine Karotte gut sein?", fragte Eddy.

„Das Meer hält viele Geheimnisse bereit", antwortete der Käpt'n. „Und das ist eins davon."

Um die Ecke fanden sie einen kleinen Lebensmittelladen. Davor stand ein großer Sack mit Karotten. Der Pirat wühlte darin herum und entdeckte schließlich ein mittelgroßes Exemplar mit einer leicht schiefen Spitze.

„Die passt gut zu mir", sagte er. „Eine Karotte mit Charakter." Er setzte sie sich auf die linke Schulter, aber sie fiel einfach herunter. „Die muss erst noch seefest werden, um auf dem schaukelnden Deck zurechtzukommen", sagte der Pirat.

„Aber wir sind doch noch gar nicht auf einem schaukelnden Deck", wandte Eddy ein.

„Ja, eben drum!", gab der Käpt'n zurück. „Wie soll sie seefest werden, wenn wir noch an Land sind, wo es gar nicht schaukelt? Jetzt wird's aber höchste Zeit, dass wir vom Land wegkommen. Die Wellen warten nicht."

„Zum Hafen geht's hier lang", sagte Eddy. „Also, wo liegt dein Schiff?"

„Mein Schiff? Bei allen wilden Wassern!", schrie der Käpt'n auf. „Ich wusste doch, dass ich noch was vergessen hab. Kommt mit – es wird da unten ja wohl noch ein Ersatzschiff geben."

„Aber man kann sich doch nicht einfach ein fremdes Schiff nehmen", protestierte Eddy. „Das ist Diebstahl."

„Unsinn, das ist nur Ausborgen. Das machen Piraten ständig. Schon erstaunlich, was die Leute einem alles ausborgen, wenn man nur ein bisschen brüllt und mit dem Entermesser rumfuchtelt."

Er lief los. Aber seine großen Stiefel polterten und sein langer Mantel flatterte und seine Schwertscheide verfing sich zwischen seinen Knien, und so kam er nicht sehr schnell voran. Außerdem rutschte ihm alle paar Schritte die Karotte von der Schulter, und er musste stehen bleiben, um sie wieder aufzuheben. Und so kam es, dass sie – obwohl Eddy sich das aufgerollte gelbe Gemälde unter den Arm geklemmt hatte und die Seemannstruhe hinter sich herschleifte, und obwohl die Crew ihren riesigen roten Rucksack mitschleppte – alle gleichzeitig am Hafen eintrafen.

„Bei allen quellenden Quallen!", stieß der Käpt'n aus. „Wo sind die denn alle?"

Noch vor zwanzig Jahren war der Hafen der geschäftigste Teil des wuseligen Fischerortes gewesen. Man musste sich mühsam zwischen ein- und ausfahrenden Booten, unzähligen Kisten mit

Fisch und alten, salzverkrusteten, Netze flickenden Seeleuten hindurchquetschen.

Noch vor zehn Jahren war der Hafen dann der geschäftigste Teil eines lebhaften Ferienortes gewesen. Man musste sich mühsam zwischen Touristen hindurchquetschen, die einen Bootsauflug machten, Fisch und Pommes kauften oder das Stadtmuseum besichtigen wollten (um ein paar Schauspieler zu sehen, die so taten, als wären sie salzverkrustete alte Seeleute, die ihre Netze flickten).

Inzwischen hatten die Fischer sich alle zur Ruhe gesetzt, die Urlauber blieben weg. Der Hafen war immer noch der geschäftigste Flecken der Stadt. Doch in Tidemark Bay war selbst der geschäftigste Flecken so gut wie menschenleer. Zwei Möwen hatten sich neben einem Haufen verwitterter alter Fischernetze niedergelassen und zankten sich lautstark um die letzten Krümel in einer Packung Chips mit Krabbencocktailgeschmack.

Der Hafen lag wie ausgestorben da – nur ein einsames Ruderboot wippte auf dem Wasser auf und ab.

„Wird's damit gehen, Käpt'n Schätzchen?", fragte die Crew.

„Ob's damit gehen wird?", wiederholte der Pirat. „Wir wollen hinaus auf die hohe See, nicht in einer kleinen Pfütze herumpaddeln. Mit dem Boot geht natürlich gar nix!"

Eddy ließ den Kopf hängen. „Aber ohne Schiff können wir doch nirgendwohin", sagte er.

Der Käpt'n drehte sich zu ihm um.

„Moment mal", sagte er. „Was ist das denn?"

Hinter Eddy stand ein großer Holzschuppen, der wie ein altes Segelschiff gebaut war. Die Wände waren wie ein Bootsrumpf gebogen und liefen an einem Ende zu einem spitzen Bug zusammen. Das Flachdach wurde von hölzernen Relings gesäumt, wie ein Schiffsdeck. Eine auf den Hafen gerichtete Plastikkanone ragte hervor, und ein Steuerrad befand sich neben einem Fahnenmast, der so angemalt war, dass er wie ein Schiffsmast aussah. Oberhalb der Überbleibsel einiger zerschlissener Segel aus Baumwolle flatterte eine Flagge in der matten Brise. *Käpt'n Cockles Knusperkekse* stand auf der Fahne.

Das Ding war eine Snackbar. Oder besser gesagt, es war mal eine Snackbar gewesen. Käpt'n Cockle hatte seine letzten Knusperkekse schon vor vielen Jahren verkauft. Jetzt war das Gebäude verriegelt und verrammelt.

KÄPT'N COCKL
KÄPT'N COCKLE'S
KNUSPERKEKSE

„Folgt mir!“, schrie der Pirat. Er kletterte eine Strickleiter hoch, die vom Dach herunterbaumelte, und hievte dann die Crew und Eddy nach oben.

Schließlich baute er sich breitbeinig auf und grinste von einem Ohr zum anderen.

„Jetzt begrüßt mal unser neues Gefährt!“, sagte er.

„Damit können wir doch nicht lossegeln“, sagte Eddy.

„Warum nicht? Willst du das schon wieder Diebstahl nennen? Schau dir doch bloß mal an, in welchem Zustand sich das olle Ding befindet. Ist doch klar wie Fischbrühe, dass kein anderer es mehr haben will.“

„Wir können trotzdem nicht damit lossegeln.“

„Wir bringen es ja irgendwann zurück!“

„Immer noch nicht ...“

„Aber warum denn nicht?“

„Weil das ein Schuppen ist. Man kann nicht mit einem Schuppen aufs Meer hinausfahren.“

„Ach was.“ Der Käpt’n griff in seine Tasche und kramte eine schwarze Fahne mit einem Totenschädel samt gekreuzten Knochen hervor. „Jetzt hol erst mal den kaputten Fetzen da runter und hiss stattdessen die Flagge hier. Crew!“

„Ja, Schätzchen?“

„Das heißt ‚Aye, Käpt’n‘!“

„Stimmt, Schätzchen.“

„Mach dich dran, einen Kurs für unsere Reise übers Meer auszurechnen.“

„Aye, aye, Käpt'n Schätzchen! Ach ja, und übrigens ..." Sie klemmte die Karotte unter die goldene Schulterklappe an seinem Mantel. „So ist's besser. Dann fällt sie nicht ständig runter."

„Das ist doch total bekloppt", murmelte Eddy vor sich hin. Er löste den Knoten am Fahnenmast und holte die Knusperkeks-Flagge ein. So viel zum Thema Abenteuer. Dabei hatte er sich so darauf gefreut. Dass seine Eltern ihn nicht um sich haben wollten, dass seine Großmutter nix mehr schnallte, dass die einheimischen Jungs ihn so mies behandelten ... Alles hatte er vergessen, weil er sich so auf die Schatzsuche gefreut hatte. Eine Schatzsuche, mit der er die Hütte seiner Großmutter vor dem Zusammenbruch retten würde. Aber jetzt, ohne ein Schiff, war das ganze Abenteuer zu einem weiteren Spiel geschrumpft – und dann auch noch zu einem besonders dämlichen Spiel. Auf ein Schuppendach zu kraxeln und so zu tun, als wäre er ein Pirat, hätte er jederzeit auch allein machen können. Was für eine Enttäuschung! Als hätte er eine riesige Packung Pralinen geschenkt bekommen, nur um dann feststellen zu müssen, dass jede einzelne mit Zitronencreme gefüllt war. Eddy hasste Zitronencreme.

Er war gerade damit fertig, die Totenschädel-Flagge am Mast zu befestigen, da bäumten sich die Planken unter seinen Füßen plötzlich so stark auf, dass er fast umgekippt wäre. Als er wieder hochschaute, war vom Hafen nichts mehr zu sehen. Eddy blickte nach allen Seiten, aber rings um ihn herum war nichts anderes mehr als der endlose blaugrüne Ozean.

Er stand an Deck eines Schiffes! Okay, das Schiff war recht klein und schon ziemlich altersschwach, das Deck abgenutzt und splitterig, die Takelage zerschlissen und die im Wind flatternden Segel von Salzluft und Wetter vergilbt und angenagt. Aber es war zweifellos ein Schiff! Und zwar ein Schiff auf hoher See.

5. Kapitel

In dem es viel Sonne, See und Seekrankheit gibt

„Schon besser!“, rief der Käpt’n. „Crew!“

„Aye, Käpt’n Schätzchen?“

„Mittelbramsegel am Besan entrollen, Vor-Obermarsrah einholen, Klüverklampen festmachen, Nockstagen verdoppeln und auf Kurs neunzehn Grad Nordnordwest gehen. Backbord ballt sich ein mächtiger Sturm zusammen, der uns die Zähne im Kopf durchrütteln wird, wenn wir ihm nicht mittenmang die Stirn bieten!“

„Ähm ...“, fügte er nach ein paar Sekunden hinzu. „Worauf wartest du noch?“

„Tut mir leid, Schätzchen, aber könntest du das bitte noch mal wiederholen? Und ein bisschen langsamer?“, sagte die Crew.

Der Käpt’n holte tief Luft.

„Hast du was an den Ohren?“, fragte er. „Ich sagte: Mittelbramsegel am Besan entrollen, Vor-Obermarsrah einholen ...“

„Ja ja“, unterbrach ihn die Crew. „Aber könntest du das bitte langsamer sagen? Und am besten in einer Sprache, die ich auch verstehe?"

„Aber ich hab doch nur gesagt: Mittelbramsegel am ... Ach, vergiss es! Versuch einfach geradeaus zu fahren und keine allzu großen Felsen zu rammen, ja?"

„Schon besser, Schätzchen." Die Crew griff nach dem Steuerrad.

„Das versteh ich nicht", wandte sich Eddy an den Käpt'n. „Gerade waren wir noch auf dem Dach von einem Schuppen, und auf einmal verwandelt sich das Ding in ein Schiff?!"

„Die Macht einer Schatzkarte darf man nie unterschätzen", erwiderte der Pirat. „Da draußen ist was, das gefunden werden will und sich von einem untauglichen Schiff auch nicht davon abbringen lassen wird. Willkommen an Bord der *Knusperkeks*."

„Wo sind wir? Tidemark Bay ist das hier jedenfalls nicht mehr."

„Wenn ich mich nicht komplett täusche, ist das dahinten ...", sagte der Käpt'n und zeigte auf eine ferne Küstenlinie, „... mein Heimatort, die Piratenbucht. Nein, ich täusche mich nicht komplett, das ist die Piratenbucht. Und dieses viele blaugrüne nasse Zeug, das uns von allen Seiten umgibt, nennen wir Seeleute ... das Meer!"

Eddy hatte das Meer vor Tidemark Bay schon bei jedem Wetter erlebt, aber so eine Färbung hatte er noch nie gesehen. Das Wasser war blau wie Pfauenfedern und gleichzeitig so grün wie

Stachelbeeren. Nein, dachte er, eher so blau wie ein Saphir und so grün wie ein Smaragd. Nein, vielmehr so blau wie der Sommerhimmel und so grün wie das Gesicht der Crew.

Ja, der Crew schien es gar nicht gut zu gehen. Das Schwanken und Schlingern, Taumeln und Torkeln, Kullern und Kreisen des Schiffes war wohl zu viel für sie.

Die Crew war seekrank.

„Das ist das pure Leben, nicht wahr? Hier draußen darf man sein, wer man will, und keiner sagt einem, dass das nicht geht“, sagte der Käpt'n und klatschte der Crew mit der Hand auf den Rücken.

„Mach das bitte nicht, Schätzchen“, sagte die Crew mit leiser, belegter Stimme.

„Bisschen grün um die Kiemen, was?“, fuhr der Pirat fort. „Auf der ersten Seereise kann's selbst den besten Leuten so gehen. Ich wette, ich weiß genau, wie du dich fühlst – als hätte sich deine Haut in kalten Reispudding verwandelt.“

„Aufhören, bitte“, wimmerte die Crew.

„Deine Beine sind wie Wackelpeter, und in deinen Eingeweiden scheint sich ein ganzer Wurf Fuchswelpen zu tummeln, die zu viel Limonade getrunken haben. Und du denkst, wenn ich mich doch bloß übergeben könnte, dann wäre alles gut. Aber du kannst einfach nicht!“

„Vielleicht doch“, sagte die Crew.

„Das Gefühl kennt jeder Seemann“, sagte der Pirat. „Und manche singen sogar Lieder darüber.“

Er holte eine Ziehharmonika heraus und setzte zu einem fröhlichen Schifferlied an.

„Was macht man mit so nem **seekranken** Seemann?
Was macht man mit so nem **seekranken** Seemann?
Was macht man mit so nem **seekranken** Seemann?
Morgens um halb sieben?

Oje! Bald kommt's ihm ho-och!
Boje! Bald kommt's ihm ho-och!
Koje! Bald kommt's ihm ho-och!
Morgens um halb sieben."

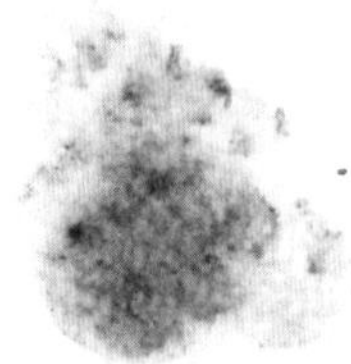

Noch vor der zweiten Strophe hatte sich die grüne Gesichtsfarbe der Crew von den Wangen bis zu den Ohrspitzen ausgebreitet.

„Gebt ihm ne Mahlzeit mit fettem Essen,
Eier mit **Speck** sind Delikatessen,
dann ist der **Spuckspuk** schon bald vergessen,
morgens um halb sieben!"

„Das ist nicht gerade hilfreich", sagte die Crew.

Aber schon einen Augenblick später fügte sie hinzu: „Oh. Doch, ist es", und rannte los, um sich über die Reling zu beugen.

Als sie wieder zurückkam, war sie schon wesentlich weniger grün und wesentlich lebhafter.

„Na denn", sagte der Käpt'n. „Genug gesungen am frühen Morgen. Uns Knusperkeksern steht viel Arbeit bevor. Steuermann! Das bist du ...", schrie er und warf der Crew eine Seilschlaufe zu. „Bind das Steuer fest, damit wir auf Kurs bleiben."

„Aye, aye, Schätzchen!", sagte die Crew begeistert.

„Deckmatrose! Das bist auch du ... Hol dir einen Mopp und schrubb das Deck!"

„Aye, aye, Schätzchen!", sagte die Crew schon weniger begeistert.

„Ausgucker!", brüllte der Pirat.

„Na, wer das wohl sein wird ...", murmelte die Crew.

„Steig ins Krähennest hoch und halt Ausschau!"

„Ich bin die Crew, keine Krähe, Schätzchen", murmelte die Crew.

„Und kein Meutergemurmel mehr", fuhr der Käpt'n ungerührt fort. „Sonst befehl ich dem Koch, eure Rationen zu kürzen. Da fällt mir ein – Smutje! Was gibt's nachher zum Mittagessen?"

„Was haben wir denn für Proviant an Bord, Schätzchen?"

„Woher soll ich das wissen? Du bist doch der Smutje. Schick den Schiffsjungen unter Deck, der soll mal im Laderaum nachschauen."

„Der Schiffsjunge bin dann wohl auch ich, stimmt's?", murmelte die Crew.

„Mach dich nicht lächerlich“, wehrte der Käpt’n ab. „Bist doch viel zu alt, um der Schiffsjunge zu sein. Eddy ist der Schiffsjunge. Eddy! Bist du bereit, ein paar Befehle entgegenzunehmen?“

„Aber hallo!“, rief Eddy. „Ich bin mit einem Piratenkapitän auf einer echten Schatzsuche unterwegs – das ist um Längen besser, als in Tidemark Bay allein zu spielen.“

„Schnapp dir die Laterne, geh unter Deck und schau nach, was du Essbares finden kannst. Ach ja, und pass auf die Ratten auf. Hab noch nie ein Schiff erlebt, auf dem nicht zumindest ne Handvoll von den Viechern gehaust hätte. Scharfzähnige kleine Biester, treiben sich am liebsten im Laderaum rum. Also, Vorsicht da unten.“

6. Kapitel

In dem geklärt wird, was da unten im Schatten lauert

Unter Deck roch es nach Salz und Teer. Die Planken der *Knusperkeks* knarrten und ächzten, als Eddy die Laterne hoch über seinen Kopf hielt, um den Laderaum auszuleuchten. Die kleine Kammer war vollgestopft mit Kisten und Schachteln und Säcken voller Sachen, die auf einer Seereise nützlich sein könnten. Eddy sah Taue und Kerzen und Hämmer und Nägel und Teller und Gabeln und Stiefel und Spaten und Äxte und Sägen und Tassen und Löffel und Pfannen und Eimer und Nadeln und Tücher und überhaupt gar nichts zu essen.

Er suchte bis in die hintersten Winkel. Was sollte – seinen Büchern nach – auf jedem Schiff vorhanden sein, das auf große Reise ging? Zwieback und fässerweise Pökelfleisch und eingelegte Heringe und schimmeliger Käse voller Rüsselkäfer. Genau danach suchte er jetzt.

Na ja, nach dem Käse vielleicht weniger.

Im Schein seiner Laterne warfen die aufgestapelten Ausrüstungsgegenstände lange Schatten an die Holzwände. Als eine große Welle die Laterne hin- und herschwingen ließ, reckten und streckten sich die Schatten wie lebendige Kreaturen.

Wie gruselig, dachte Eddy. Aber ist ja nur ein Schattenspiel. Nichts, worüber man sich Sorgen machen müsste. Ich muss nur fest genug dran glauben, dann ist das auch so.

Augenblick mal. Hatte sich nicht gerade ein Schatten an der gegenüberliegenden Wand genau in die entgegengesetzte Richtung bewegt?

Eddy blieb wie vom Donner gerührt stehen.

Und da hörte er es – ein Kratzen, Scharren, Rascheln, Patschen, das unter einem Kistenstapel rechts von ihm hervordrang.

Ratten, ja, das mussten Ratten sein! Genau wie der Käpt'n gesagt hatte.

Eddy sah sich nach einer Waffe um. Zu seiner Linken ragten mehrere Spaten in die Höhe. Leise nahm er einen in die Hand. Das musste reichen. Den Spaten mit der rechten Hand, die Laterne mit der linken fest umklammernd, schlich er lautlos auf die Stelle zu, von der aus das Geräusch kam.

Nur ein paar Schritte, dann war er da. Hinter der Kiste mussten sich die Viecher verstecken. Eddy stellte die Laterne auf dem Boden ab, packte den Spaten mit beiden Händen und spähte um die Kiste herum. Vor ihm, im Zwielicht, huschte ein Umriss hin und her. Ein großer Umriss.

Eddy wusste, dass Ratten ganz schön garstig werden konnten. Und eine Ratte dieser Größe ... Ihre Zähne waren bestimmt ...

Nein, Eddy wollte nicht an ihre Zähne denken. Es war wohl keine so gute Idee, gegen die Ratte kämpfen zu wollen. Nein, er sollte lieber versuchen, sie zu verscheuchen. Aber konnte er der Ratte mehr Angst einjagen als sie ihm?

Eddy holte tief Luft und begann leise herunterzuzählen: „Drei ... zwei ... eins ...“

Bei null umklammerte er den Spaten noch fester, stürzte nach vorn und brüllte dabei aus Leibeskräften.

„AAAAARRRHHHHHHHHHH!“

„AAAAARRRHHHHHHHHHH!“,

brüllte die Ratte zurück und blieb wie angewurzelt stehen.

Die sieht aber komisch aus, dachte Eddy, während er weiterschrie. Zunächst einmal hatte sie einen dicken weißen Bauch, der gut zu sehen war, weil die Ratte sich auf die Hinterbeine gestellt hatte. Die waren wiederum stämmig und gelb. Und ihr Fell kam ihm irgendwie seltsam vor. Zu flauschig. Und die Vorderpfoten waren so stummelplumpe ... Dinger. Außerdem schien sie eine falsche Nase im Gesicht zu tragen – eine lange, spitze, gelbe falsche Nase. Die weit geöffnet war. Und aus der das Gebrüll hervordrang.

„AAAAARRRHHHHHHHHHH!"

Eddy verstummte genauso plötzlich, wie er losgeschrien hatte.

„Du bist ja gar keine Ratte", sagte er.

„Hey, gut erkannt", sagte die Nicht-Ratte. „Hundert Punkte. Ich geb dir mal einen Tipp. Ein Zebra bin ich auch nicht. Auch kein Panda und kein Wolpertinger. Und du bist kein Fisch. Was echt ein Jammer ist."

„Du bist ein Pinguin."

„Volle Punktzahl! Goldene Gripsmedaille! Wieso rennst du hier so durch die Gegend und erschreckst mich fast zu Tode?"

„Du hast mich zuerst erschreckt."

„Na klar. Entschuldige bitte. Ich hab doch nur still und leise hier gesessen und mich um meine Angelegenheiten gekümmert. Ja ja, das kann schon sehr Furcht einflößend sein!"

„Tut mir leid, dass ich dich erschreckt habe. Ich hatte nur so ein komisches Geräusch gehört, und ich bin sowieso schon ziemlich nervös. Heute sind so viele Sachen passiert ... Echt seltsame Sachen. Na ja, genauso seltsam wie die Tatsache, dass ich jetzt hier stehe und mich mit einem Pinguin unterhalte. Ich wusste gar nicht, dass Pinguine sprechen können."

„Hast du schon mal einen gefragt?"

„Aber was machst du denn überhaupt hier unten?", fragte Eddy.

Der Pinguin beugte sich nach vorn und senkte die Stimme.

„Ich bin aus einem Vergnügungspark abgehauen, gleich ein Stück weiter die Küste hoch. Ich war einer der Darsteller in der großen Show da. Dreimal täglich diese ewig gleichen Fisch-Spielchen ... Ich musste da einfach weg. Irgendwann hält man es nicht mehr aus, ständig bäuchlings eine Rampe runterzurutschen, nur um einen Hering zu kriegen. Das ist so was von entwürdigend!“

„Klingt wirklich schrecklich“, gab Eddy ihm recht.

„Schrecklich? Es war die reinste Folter“, sagte der Pinguin. „Immer musste ich mit den anderen Tanztruppen-Heinis in einer Reihe stehen. Ich! Ich kann die Comedy-Nummer machen, hab ich gesagt. Ich kann auf den Autohupen jede Melodie zehnmal so gut spielen wie dieser dämliche Seelöwe. Lasst es mich einfach probieren, hab ich gesagt, dann werdet ihr schon sehen. Ich hab das Zeug zum Star! Aber nein, sie wollten nicht auf mich hören. Also bin ich abgehauen, um mein Glück woanders zu finden. Ich hab mich hier versteckt, um meine neue Solonummer zu proben.“

„Kann ich die mal sehen?“, bat Eddy.

„Wenn du mir einen Fisch gibst ...“

„Ich hab aber keinen Fisch.“

„Tja dann“, sagte der Pinguin. „Damit wäre deine Frage wohl beantwortet.“

„Ich glaube“, sagte Eddy, „ich bring dich jetzt am besten zum Käpt’n.“

7. Kapitel

In dem von der Pike auf gelernt wird

„Potz Blitz!" Der Käpt'n sah von der Seekarte auf, die vor ihm auf dem Deck aufgerollt lag. „Ich habe mal ein Bild von so einem Viech gesehen. Eine lustige Sorte Ente oder so. Ein Pingwing."

„Ein Pinguin", verbesserte der Pinguin. „Und ich bin keine Ente!"

„Er hatte sich da unten versteckt, und ...", begann Eddy.

„Versteckt!", rief der Pirat aus. „Dann ist er ein blinder Passagier!"

„Ich bin nicht blind! Und wie gesagt, ich bin ein Pinguin und kein Passa..."

„Nein, ein blinder Passagier ist jemand, der meint, er kann sich an Bord verstecken und sich damit eine Freifahrt erschleichen. Und weißt du, was man mit blinden Passagieren macht? Sie auf der nächstbesten unbewohnten Insel aussetzen. Einfach so. Wo sie den Rest ihres Lebens mutterseelenallein verbringen müssen und niemand anderen zum Reden haben als die Palmen. Nach ein paar Jahren fangen die Palmen dann an zu antworten. Während der ehemalige blinde Passagier anfängt zu plappern und zu brabbeln und Unsinn zu stammeln. Ein Schicksal schlimmer als der Tod. Bis man dann doch irgendwann stirbt. Dann ist das ein Schicksal, das nicht schlimmer ist als der Tod. Sondern der Tod selbst."

„Dann bin ich eindeutig kein blinder Passagier", sagte der Pinguin.

„Dann musst du wohl ein Ehrenamtlicher sein, der sich freiwillig zum Dienst meldet", sagte der Käpt'n lächelnd. „Willkommen an Bord, Gefreiter Pingwing! Du kannst gleich mal den Anker polieren, das Großsegel flicken und die ganzen Knoten in der Takelage festzurren."

„Das klingt aber nach sehr viel Arbeit für ein einziges Paar Flossen", sagte der Pinguin. „Gibt's für mich keine andere Aufgabe als blinder Passagier oder Ehrenamtlicher? Wie sieht's mit der wichtigen Position des Schiffsunterhalters aus? Pass auf – kennst du den? Fliegt ein Kuckuck übers Meer. Schwimmt unten ein Hai. Sagt der Hai: ‚Kuckuck!'; sagt der Kuckuck: ‚Hai!'"

„Wie gesagt. Blinder Passagier oder Ehrenamtlicher. Such's dir aus", wiederholte der Pirat.

„Kann ich noch ein Weilchen darüber nachdenken?", fragte der Pinguin.

„Ein bisschen Arbeit oder eine schreckliche Strafe – da musst du noch überlegen??", fragte die Crew.

„Ich bin für normale Arbeit nicht geschaffen", erwiderte der Pinguin. „Ich hab Showbiz im Blut und Scheinwerferlicht in den Augen. Eigentlich sollte mein Name in Leuchtbuchstaben am Himmel erstrahlen."

„Wir sind auf Abenteuerfahrt unterwegs", erklärte Eddy. „Wir suchen einen Schatz. Du könntest Teil des Abenteuers werden – und zu Ruhm und Reichtum kommen."

„Ruhm! Mein allerliebstes Lieblingswort. Na endlich sprichst du meine Sprache", sagte der Pinguin. „Und Reichtum! Mein zweites allerliebstes Lieblingswort. Also gut, ich bin dabei. Ich melde mich freiwillig zum Dienst."

„Dann zum zweiten Mal: Willkommen an Bord, Gefreiter Pingwing!"

„Aber wir müssen noch ein paar Kleinigkeiten klarstellen", sagte der Pinguin. „Dieses ganze ‚Gefreiter, mach dies' und ‚Gefreiter, mach das' ... Das ist wirklich nicht meins."

„Wäre dir ‚Befreiter' als Anrede lieber?", schlug die Crew vor.

„Ja, schon besser. Ach übrigens, Käpt'n, dass du eine Karotte auf der Schulter hast, weißt du, oder?"

„Gefreit oder befreit ... Die Arbeit muss getan werden", sagte der Pirat, ohne auf den Einwand einzugehen. „Wenn wir den Schatz finden wollen, müssen wir langsam mal Fahrt aufnehmen. Der Kompass kann uns die Richtung anzeigen, aber wir müssen auch irgendwie rausfinden, mit welcher Geschwindigkeit wir fahren."

„Ich hab mal gelesen, wie man das macht", sagte Eddy.

„Man nimmt ein langes Seil mit Knoten drin. Das lässt man während der Fahrt runter und zählt, wie viele Knoten man in fünf Minuten passiert. Dann muss man nur noch ein bisschen rechnen, und schon kennt man seine Geschwindigkeit."

„So ein Knotenseilding hab ich hier gerade noch gesehen", sagte die Crew und deutete übers Deck auf den stämmigen Holzpoller, an dem das Beiboot des Schiffes festgemacht war. Ein dickes Tau war mehrfach um den Poller gewickelt. „Hatte mich schon gewundert, wozu das gut ist."

„Na denn", sagte der Käpt'n. „Crew und Befreiter Pingwing! Werft das Seil über Bord. Und nicht so'n mürrisches Gesicht machen!"

Die Crew hievte keuchend das Tau über die Reling, während der Pinguin ihr nur widerstrebend eine helfende Flosse reichte.

Der Käpt'n wandte sich wieder seiner Karte zu.

„Und was jetzt, Schätzchen?", fragte die Crew.

„Jetzt lasst ihr das Tau während der Fahrt Stück für Stück runter."

„Welches Tau?", fragte die Crew.

Der Käpt'n drehte sich zu ihr um. „Das Tau, das ihr gerade ... Moment mal, was habt ihr damit gemacht?"

„Na, über Bord geschmissen, Schätzchen", erwiderte die Crew. „Wir haben nur deinen Befehl befolgt."

„Aber nur das eine Ende sollte über Bord!", schrie der Pirat. „Doch nicht das ganze Tau!"

„So hast du das aber nicht gesagt, Schätzchen."

„Ich seh schon, diese Reise wird noch ein hartes Stück Arbeit.“ Der Käpt'n seufzte. „Und wie sollen wir jetzt rausfinden, wo wir sind und wie schnell wir fahren müssen?“

„Ich glaube, ich weiß was“, schaltete sich Eddy ein. „Schaut mal her!“

Er zeigte auf die Karte. In der unteren Ecke war ganz klein ein Schiff eingezeichnet. Und es bewegte sich, ganz langsam, beinahe unmerklich – aber ja, es bewegte sich, unverkennbar!

„Die Karte zeigt uns, wo wir uns befinden“, sagte Eddy. „Das ist wie Zauberei.“

„Da wird ja der Seehund in der Pfanne verrückt!“, rief der Käpt'n. „Wenn das unser Schiff ist, dann wird wohl bald diese Insel in Sicht kommen!“

Er zeigte auf die Karte. Nur wenige Zentimeter von dem winzigen Schiff entfernt war eine kleine, von Bäumen und Blumen überwucherte Insel zu sehen.

Der Käpt'n nahm sein Fernrohr, stapfte übers Deck der *Knusperkeks* und hielt nach der Insel Ausschau.

„Ja!“, rief er. „Land in Sicht! Genau wie auf der Karte ... Aber, Moment mal.“

„Was ist denn?“, fragte Eddy.

„Wie's aussieht, sind wir nicht mehr allein. Da drüben kommt was von Steuerbord angerauscht. Hier, schau du mal, deine Augen sind wahrscheinlich schärfer als meine“, sagte der Pirat und reichte Eddy sein Fernrohr.

Und tatsächlich – da war ein zweites Schiff. Und es kam geradewegs auf sie zu. Mit jedem Meter, den es näher kam, zeichnete es sich deutlicher ab.

„Die haben eine Seeräuberflagge gehisst!“, sagte Eddy.

„Piraten!“, keuchte die Crew.

„Und wie läuft das jetzt?“, fragte der Pinguin. „Wir sind Piraten, die sind Piraten, wir sind alle eine große glückliche Piratenfamilie?“

„Das kommt drauf an, was das für welche sind“, erwiderte der Käpt'n.

„Ich kann den Namen am Bug gerade so erkennen“, meldete Eddy. „Da steht ... A-A-S-F-R-E-S-S-E-R. Das bedeutet ...“

„Aasfresser“, sagte die Crew.

„Nein, das bedeutet Ärger“, sagte der Käpt'n. „Richtig viel Ärger.“

8. Kapitel

In dem das grässlichste Geräusch aller Meere ertönt

Der Käpt'n erbleichte, als wäre ihm das ganze Blut aus dem Kopf in den Bauch gesackt. Dann strömte das Blut rasch weiter, über den Rücken und in die Beine des Piraten bis runter zu seinen Stiefeln, wo es sich ängstlich versteckte. Der Käpt'n schwankte leicht und musste sich am Mast festhalten.

„Eine Katastrophe", raunte er. „Die *Aasfresser*. Von allen Schiffen auf der großen weiten Welt müssen wir ausgerechnet ihr begegnen."

„Aber warum ist das so schlimm?", fragte Eddy, doch der Gesichtsausdruck des Piraten ließ ihn zweifeln, ob er die Antwort wirklich hören wollte.

„Weil sie Barracuda Bill gehört."

„Ich hab mal in einem Fischbuch ein Bild von einem Barrakuda gesehen", sagte Eddy. „Die sind groß und wild, haben einen richtig fiesen spitzen Kopf und reihenweise lange, scharfe Zähne. Dann heißt er wohl Barracuda Bill, weil er auch sehr groß und wild ist, was?"

GEFÜRCHTETSTER
PIRAT DER MEERE
- BARRACUDA BILL -

„Nein, er heißt Barracuda Bill, weil er einen fiesen spitzen Kopf und reihenweise lange, scharfe Zähne hat. Aber groß und wild ist er auch. Und er wird auf allen Weltmeeren gefürchtet. Er lässt sich von nichts und niemandem je aufhalten. Und im Moment kommt er schnurstracks auf uns zu."

„Können wir denn nicht abhauen?", fragte Eddy. „Ihm einfach davonfahren?"

„Um schneller zu sein als er, müssten wir mehr Segel aufziehen als er", erklärte der Käpt'n. „Und um mehr Segel aufzuziehen als er, müssten wir mehr Leute haben als er. Er hat hundert mit allen Wassern gewaschene Piraten, wir haben einen Jungen, eine alte Trödelladenbesitzerin und einen Pingwing. Kannst du dir denken, worauf ich hinauswill?"

Kein Zweifel – die *Aasfresser* kam immer näher. Und je näher sie kam, desto größer sah sie aus. Und je größer sie aussah, desto Furcht einflößender wurde sie.

Schon konnte Eddy hören, was die Mannschaft im Takt brüllte. Nach jeder Zeile stampften sie mit den Stiefeln zweimal auf – BUMM! BUMM! –, was von Wind und Wellen wie das Dröhnen einer riesigen Trommel weitergetragen wurde.

BUMM!

BUMM!

Was ham wir vor?

BUMM!

BUMM!

Wo wolln wir hin?

BUMM!

BUMM!

Sind wir schon da?

„Das grässlichste Geräusch aller Meere“, sagte der Käpt'n. „Dieser Schlachtruf heißt nichts anderes als Kämpfen und Klauen und Brandschatzen und Brüllen und Metzeln und Meucheln und Schlagen und Schlitzen und Zertrümmern und Zerschmettern und das ganze Elend.“

Die *Aasfresser* war inzwischen so nah, dass Eddy auch die Männer erkennen konnte, aus deren Kehlen das Gebrüll hervordrang. Was für eine wilde, bärtige, bärbeißige Meute! Der Wildeste, Bärtigste und Bärbeißigste stieß ein lautes Schnauben hervor, wobei er seine reihenweise langen, scharfen Zähne bleckte.

„Das ist er“, flüsterte der Käpt’n. „Das ist Barracuda Bill.“

Barracuda Bill fuchtelte mit seinem Entermesser durch die Luft.

„Zielen!“, brüllte er und machte zwei Schritte nach links.

Zu seinem Entsetzen sah Eddy nun, dass Barracuda Bill bis eben vor einer großen Kanone gestanden hatte. Deren großer Schlund nahm jetzt die Knusperkekser ins Visier.

„Feuer!“ Barracuda Bill schnitt mit seinem Entermesser durch die Luft. Einer seiner Männer hielt eine glühende Kerze an die Lunte der Kanone. Die Flamme zischte, dann krachte es ohrenbetäubend, und schon schoss in einer schwarzen Rauchwolke eine Kanonenkugel auf die *Knusperkeks* zu.

Bitte nicht!, dachte Eddy. Eigentlich hatte er nur angefangen, „Bitte nicht“ zu denken, aber die Kugel war so schnell, dass er nur das „Bitte“ zu Ende denken konnte und noch lange nicht beim „nicht“ angekommen war, als es schon ein zweites Mal krachte. Die Kanonenkugel teilte sich in zwei Hälften und etwas, was wie viele kleine Vögelchen aussah, segelte auf die *Knusperkeks* herab.

Immer noch wie betäubt, hob Eddy eins der weißen Dinger auf. Es war ein Infoblatt mit einer in elegant geschwungener Handschrift geschriebenen Nachricht.

Sehr geehrte Versager,

aufgrund unseres ausgesprochen dichten Zeitplans müssen wir Ihnen zu unserem Bedauern leider mitteilen, dass wir heute nicht in der Lage sein werden, Ihr Schiff zu entern, zu plündern, zu entführen, zu brandschatzen oder zu versenken. Nach einer eingehenden Sichtung Ihres Schiffes haben wir beschlossen, dass es zu klein ist, als dass wir seinetwegen unsere Pläne ändern würden. Der Tag ist kurz, wir können gar nicht so viele grässliche Beutezüge durchführen, wie wir gerne möchten.

Wir hoffen, dass Sie diese Absage nicht persönlich nehmen, und versichern Ihnen, dass wir zu einem späteren Zeitpunkt, sobald sich in unserem Kalender eine Lücke auftut, gerne wieder auf Sie zurückkommen. In der Zwischenzeit wünschen wir Ihnen schlaflose Nächte in Ihren Kojen.

Mit schlimmsten Grüßen,

Kapitän Barracuda Bill und seine miesen Männer

von der Aasfresser

„Tja“, sagte die Crew. „Immerhin weiß er, wie man einen höflichen Brief schreibt. Und wer solche Manieren hat, der kann gar nicht ... Oh nein, muss das jetzt sein?“

Eddy sah hoch. An Bord der *Aasfresser* hatten die hundert Piraten der *Knusperkeks* den Rücken zugewandt. Und dann ließen die hundert Piraten die Hosen runter. Und dann beugten sich die hundert Piraten vor und wedelten mit ihren haarigen Hintern in ihre Richtung.

Einhundertneunundneunzig nackte Pobacken schimmerten bleich im strahlenden Sonnenlicht. (Die eine fehlende gehörte zu einem Piraten namens Frankie Halbhos, der besagte Pobacke vor Jahren bei einem Schwertkampf eingebüßt hatte. Der Schiffszimmermann hatte ihm daraufhin aus einer alten Eiche eine falsche Backe geschnitzt, aber das Holzding war zu schwer für den Alltagsgebrauch, sodass er sie nur zu ganz feierlichen Gelegenheiten anlegte.)

Atemlos sahen die Knusperkekser zu, wie die *Aasfresser* abdrehte und sich wieder entfernte. Mit jedem Meter wurde das grässliche Gejohle immer leiser ...

BUMM! BUMM!
Sind wir schon da?

BUMM! BUMM!

Wo wolln wir hin?

BUMM! BUMM!

Was ham wir vor?

... bis es schließlich ganz verstummte.

Stille senkte sich über die *Knusperkeks* herab. Ein paar Infoblätter wirbelten im Seewind übers Deck.

„Na denn“, sagte der Käpt’n schließlich. „Wo waren wir stehen geblieben?“

„Wir hatten uns gerade die Karte angesehen“, sagte Eddy und beugte sich wieder darüber. Und auf einmal begannen sich unter seinen Augen Buchstaben und Wörter zu formen, die sich über die gesamte Oberfläche ausbreiteten.

„Käpt’n!“, schrie Eddy. „Schau mal her! Das ist unglaublich!“

Der Pirat eilte herbei.

„Bei allen löchrigen Socken!“, rief er. „So eine Karte hab ich wirklich noch nie gesehen.“

„Na ja“, sagte die Crew. „Ich führe vielleicht nur einen Trödelladen, aber ich verkaufe schließlich nicht nur wertlosen Plunder.“

Eddy las die Botschaft vor, die auf der Karte erschienen war.

„Hiermit beginnt eure Schatzsuche ganz offiziell. Zuerst müsst ihr vier Gegenstände einsammeln, um zu beweisen, dass ihr würdig seid, nach dem Hauptpreis zu suchen. Level eins: Segelt zur Verlassenen Blumeninsel und holt den ersten Gegenstand, die sagenumwobene Flöötenblööte, die nur auf der Spitze der allerhöchsten Klippe wächst. Kehrt mit der Blume hierher zurück, um das nächste Level freizuschalten. Aber Vorsicht! Unterwegs lauern Gefahren, und ihr werdet viel Kraft und Mut brauchen."

„Krummbarts Schatz, wir kommen!", rief der Käpt'n.

„Eine Blume?", sagte Eddy. „Wozu sollte Krummbart uns eine Blume suchen lassen?"

„Er hat einen ziemlich schrä-

gen Humor“, sagte der Käpt’n. „Der lacht sich bestimmt in den Bart, wenn er sich vorstellt, wie wir die steilen Klippen hochkraxeln, nur um eine Blume zu pflücken. Aber wir müssen die Herausforderung annehmen und beweisen, dass wir der späteren Belohnung würdig sind.“

Er zog sein Schwert hervor und wedelte damit voller Vorfreude durch die Luft.

„Setzt Kurs auf die Verlassene Blumeninsel!“, brüllte er. „Denn über Kraft und Mut verfügen wir im Überfluss! Aber vielleicht warten wir erst noch ein paar Minuten, nur um sicherzugehen, dass die *Aasfresser* wirklich weg ist.“

9. Kapitel

In dem es vorwärts und aufwärts geht. Aber mehr aufwärts als vorwärts

Die vier Abenteurer standen an einem herrlich goldenen Sandstrand. Hinter ihnen dümpelte die fest verankerte *Knusperkeks* auf den Wellen, neben ihnen lag das Beiboot, das sie an Land gezogen hatten.

„Das also“, sagte der Käpt'n, „ist die Verlassene Blumeninsel.“

Vor ihnen ragten zerklüftete mattbraune Klippen so steil in die Höhe, dass sie fast das Sonnenlicht abschirmten. Ein paar Seemöwen kreisten um den höchsten Gipfel.

„Und das“, fuhr der Käpt'n fort, „ist eine wirklich hohe Klippe. Die Möwen da oben sind so klein, dass sie wie Ameisen aussehen.“

„Oder zumindest so wie Ameisen aussehen würden, wenn sie Flügel, Federn und Schnäbel hätten“, sagte der Pinguin.

„Und auf der Spitze dieser wirklich hohen Klippe“, sagte der Käpt'n, „wartet unser Preis. Die sagenumwobene Flöötenblööte.“

Die wirklich hohe Klippe war wirklich so hoch, dass sie sich nach hinten lehnen mussten, um bis zum Gipfel schauen zu können – so weit nach hinten, dass der Pinguin aus dem Gleichgewicht geriet, wie ein Kegel rückwärts kippte und mit einem dumpfen Aufprall in den Sand plumpste.

„Nur zu eurer Information", grummelte er, „das war nicht witzig."

„Was wir jetzt brauchen", sagte der Käpt'n, „wäre jemand, der da hochfliegen und die Blume holen kann. Eine Art Vogel oder so was."

„Mich brauchst du dabei nicht anzugucken", sagte der Pinguin und flappte mit seinen Flossen. „Mit Fliegen hab ich's nicht so. Schon seit Jahrmillionen nicht mehr. Unter Wasser bin ich der reinste Torpedo, in der Luft eher ein Ziegelstein."

„Dann heißt es wohl klettern", entschied der Käpt'n. „Crew, Pingwing – ihr zwei bleibt hier. Wie sieht's bei dir mit Höhenangst aus, Schiffsjunge?"

„Kein Problem", sagte Eddy. Aber im Sportunterricht die Sprossenwand hochzuklettern war eine Sache – diesen steinigen Wolkenkratzer hochzukraxeln eine ganz andere Nummer.

Der Käpt'n zog seinen langen Mantel aus und faltete ihn sorgfältig zusammen, sodass die Karotte es gemütlich hatte. Dann trat er an den Fuß der Klippe heran. Er steckte seine Stiefelspitze in eine kleine Steinkuhle und griff mit der linken Hand nach einem Riss in der Felswand. Dann stemmte er sich vom Boden hoch und tastete mit dem linken Fuß nach einem

Vorsprung, der sein Gewicht tragen könnte. Und dann fiel er herunter.

„Das war erst mal nur zur Übung“, erklärte er.

„Vielleicht geht’s hiermit leichter“, sagte die Crew, griff in ihren riesigen roten Rucksack und holte einen Stoffbeutel heraus. „Kletterseile, Haken, ein Hammer ... Na ja, das Übliche. Ich hab’s mal mitgebracht, nur für alle Fälle.“

„Das war wirklich schlau“, sagte Eddy. „Wir hatten in der Schule mal eine Vorführung, wie man mit den Sachen umgeht.“

„Erste Kajüte“, sagte der Käpt’n. „Dann kannst du ja vorausklettern.“

„Nicht so hastig“, entgegnete Eddy. „Ich hab mal zugesehen, wie jemand anders geklettert ist, aber selber hab ich’s noch nie gemacht. Keine Ahnung, ob ich das kann.“

„Papperlapapp“, sagte der Käpt’n. „So ein flinker Bursche wie du macht das sicher in null Komma nix.“

Eddy konnte nur hoffen, dass er sich an alles erinnern würde. Er suchte sich ein langes Seil, einen Haken und einen Hammer heraus und schwang sich den Beutel über die Schulter. Dann hämmerte er den Haken in den Felsspalt über ihm, befestigte daran das eine Ende des Seils und knüpfte das andere Ende an seinen Gürtel.

„Los geht’s“, sagte er. Er griff mit einer Hand nach einem Steinvorsprung und zog sich daran hoch. Dann beugte er sich leicht nach hinten, damit das Seil sein Gewicht abfederte, und war erleichtert, als er spürte, dass das Seil ihn trug.

„Siehst du“, sagte der Käpt’n hinter ihm. „Mit dieser Ausrüstung wird das Klettern genauso einfach, als würde man von einem Baumstamm herunterhüpfen. Natürlich nur, solange man nicht abstürzt.“

Aber es war überhaupt nicht einfach. Haken in die Felswand zu hämmern und das Seil immer wieder umzuknüpfen verlangsamte den Aufstieg ungemein. Schon nach wenigen Minuten hatte Eddy das Gefühl, als wäre er seit Stunden unterwegs.

„Was meinst du, wie hoch wir inzwischen sind?“, fragte er den Käpt’n.

„Mach dir darüber keine Gedanken“, antwortete der Pirat. „Wir müssen uns darauf konzentrieren, zum Gipfel zu kommen. Und vergiss nicht, du darfst nie nach unten schauen, sonst ... Potz Blitz ...!“

Er krallte sich am Seil fest und richtete den Blick schnell wieder nach oben.

„... sonst wird dir noch schwindlig. Ich glaube, wir sollten mal kurz Pause machen, damit mein Kopf mit dem Rumwirbeln aufhört.“

Er hielt inne und holte ein paarmal tief Luft.

„Ungefähr acht Meter hoch, übrigens.“

„Nur?“ Eddy war enttäuscht. „In dem Tempo brauchen wir eine Woche bis ganz nach oben!“ Und insgeheim zweifelte er daran, ob sie es überhaupt je schaffen würden.

„Vorwärts!“, brüllte der Käpt’n.

Eddy rammte wieder einen Haken in den Stein.

Langsam, ganz langsam stiegen sie höher.

Und langsam, ganz langsam stieg auch die Sonne höher.

Die Klippen wurden so heiß, dass man sie kaum noch anfassen konnte.

Auf Eddys Stirn glänzte der Schweiß.

Seine Kehle war wie ausgedörrt.

Das Hemd klebte ihm am Rücken.

Seine Arme taten weh. Und über sich sah er nichts als Fels. Ich schaff das nicht, dachte Eddy. Das ist einfach zu schwer für mich.

Aber er konnte doch jetzt unmöglich aufgeben. Er dachte daran, wie er in der Schule die Sprossenwand hochgeklettert war, diese drei Meter hohe Wand aus Holzleisten. Drei Meter – ein Kinderspiel. Also würde er die Klippe in Drei-Meter-Abschnitte einteilen. Ja, so würde es gehen – er würde ein Stück nach dem anderen bezwingen, nicht alles auf einmal.

Die nächsten drei Meter, sagte sich Eddy im Kopf. Und hievte sich nach oben. Die nächsten drei Meter. Und so dauerte es nicht lange, bis er mit den kreisenden Seemöwen beinahe auf einer Höhe war.

So aus der Nähe betrachtet sahen sie jetzt gar nicht mehr wie winzige gefiederte Ameisen aus. Oder wie überhaupt irgendwas Winziges. Eddy war vorher noch nie aufgefallen, wie groß so eine Möwe wirklich war – vor allem, wenn sie unter lautem Geflatter auf einem Steinsims direkt über deinem Kopf landet. Die Möwe stieß einen schrillen Schrei aus und starrte aus orangerot geränderten Knopfaugen zu Eddy herunter. Es sah nicht so aus, als wäre sie über den Eindringling besonders erfreut.

Bitte geh weg, flehte Eddy innerlich. Das Klettern ist doch so schon schwierig genug.

Die Möwe reckte den Hals und kreischte lautstark zu Eddy herunter. Dann watschelte sie zu dem kleinen Felsvorsprung hin, an dem Eddys linke Hand Halt gefunden hatte. Sie neigte den Kopf und glotzte zu seinen Fingern herab. Eddy wurde schlagartig klar, dass ihm bisher auch noch nie aufgefallen war, was für scharfe Schnäbel Seemöwen hatten.

„Oh nein", sagte er. „Das tust du nicht."

Aber sie tat es. Sie ließ ihren Kopf nach vorne schnellen und rammte ihm ihre Schnabelspitze in den Handrücken.

„Au!", schrie Eddy und zog instinktiv die Hand weg. Was keine gute Idee war, und zwar aus einem einfachen Grund.

Erdanziehungskraft.

Zu seinem großen Entsetzen spürte Eddy, wie er abstürzte. Er ratschte an der Felswand entlang. Seine Fingernägel schrammten über den Stein, aber er fand einfach keinen Halt. Schreiend fiel er in die Tiefe. Im Fallen sah er den letzten Haken, den er in den Fels geschlagen hatte. Hatte er es richtig gemacht? Hatte er den Haken fest genug reingehauen, dass er ihn auffangen würde?

„Uuuuuuffff!", keuchte Eddy, als das Kletterseil sich ruckartig straffte. Der Haken hielt. Hoch über dem Abgrund baumelte Eddy in der Luft und das Herz wummerte ihm in den Ohren.

„Alles klar, mein Junge?", hörte er den Käpt'n rufen.

„Ja", krächzte Eddy.

Die Möwe flog herbei und landete auf Eddys Kopf. Sie keckerte leise, als würde sie lachen, dann begann sie nach seinem Kletterseil zu picken. Voller Grauen sah Eddy, dass sie versuchte, das Seil zu kappen. Ein paar Fasern hatte sie schon durchtrennt. Wenn er nicht schnell etwas unternahm, würde das Seil bald reißen.

„Hau ab! Kschsch!", versuchte er den Vogel zu verscheuchen. Aber die Möwe hackte unbeirrt weiter auf das Seil ein. Eddy griff mit beiden Händen nach oben und packte sie. Die Möwe pickte ihn wieder schmerzhaft, aber diesmal ließ Eddy nicht los, sondern schleuderte den Vogel so weit von sich weg wie möglich. Einen Augenblick kullerte die Möwe durch die Luft, bevor sie sich wieder fing und mit einem Kreischen davonflatterte.

Eddy hing ein gutes Stück von der Felswand entfernt im Seil. Er hielt nach einem Steinvorsprung Ausschau und entdeckte zu seiner Rechten eine vielversprechende Stelle – aber die war ein Stück zu weit weg. Eddy strampelte wild mit den Beinen, versuchte hin und her zu schwingen, was ihn nur noch schlimmer ins Schwitzen brachte. Mit einem letzten Schwung schaffte er es, nach dem Vorsprung zu greifen und sich daran hochzuziehen. Sein Fuß fand eine Felsnase. Endlich wieder sicherer Halt!

Eddy taten die Arme weh, und seine Fingerspitzen waren von der Klippe aufgeschürft, trotzdem schleppte er sich weiter nach oben. Als er hochschaute, erblickte er zum ersten Mal den Gipfel, scharfkantig zeichnete er sich vor dem strahlend blauen Himmel ab.

Stückchen um Stückchen kletterte er empor. Und plötzlich war da kein Fels mehr über ihm, nur Sonnenlicht und Gras. Eddy kroch über die Kante und ließ sich keuchend und vor Erleichterung lachend auf den Rücken fallen.

Kurz darauf krabbelte der Käpt'n atemlos zu ihm hoch.

„Gut gemacht, Junge", ächzte er.

„Als diese Seemöwe mich angegriffen hat, dachte ich echt, ich stürze ab", sagte Eddy.

„Aber du hattest den Mut und die Kraft, bis ganz nach oben zu klettern", sagte der Käpt'n. „Du hast Krummbarts erste Prüfung bestanden."

„Ihr habt aber ganz schön lange gebraucht", sagte da eine vertraute Stimme ganz in der Nähe. „Ich hab deinen Mantel mitgebracht, Schätzchen. Und zwei Flaschen Wasser. Ich dachte, die braucht ihr jetzt vielleicht."

„Bei allen verfluchten Viermastern!", dröhnte der Käpt'n. „Wie bist du denn hierhergekommen?"

„Mit dem Aufzug."

„Welchem Aufzug?" Der Pirat trank gierig von dem kühlen Wasser.

„Mit dem Aufzug im Touristenzentrum."

„Touristenzentrum?"

„Ja, ist direkt zwischen den zwei großen Hotels."

„Hotels?"

„Da unten, wo die Ausflugsboote anlegen."

„Ausflugsboote?"

„Wäre echt nett, wenn du aufhören könntest, alles zu wiederholen, was ich sage, Schätzchen", sagte die Crew. „Das nervt langsam. Nachdem ihr losgeklettert seid, hab ich den Pinguin am Strand zurückgelassen und mich zu einem kleinen Spaziergang aufgemacht. Und gleich um die nächste Ecke war da ein Anleger mit einem Haufen Ausflugsboote und das Touristenzentrum mit einem hübschen kleinen Souvenirladen und einem Aufzug, mit dem die Leute ganz leicht nach oben gelangen können. So blöd sind die nicht, dass sie diese Klippen hochklettern würden. Schließlich machen sie hier Urlaub."

„Urlaub?", echote der Käpt'n.

„Jetzt fängst du schon wieder an."

„Touristen und Urlaub und Hotels und Souvenirläden und was weiß ich noch alles? Was ist hier eigentlich los? Laut der Karte ist das hier die Verlassene Blumeninsel. V-e-r-l-a-s-s-e-n", buchstabierte er langsam.

„Die Karte muss wohl schon sehr alt sein. Anscheinend hat

sich auf der Insel inzwischen einiges verändert. Das passiert schon mal. Ich kann mich noch an die Zeit erinnern, als es rund um Tidemark Bay einen Haufen Campingplätze gab. Und jetzt ist da nur noch freies Feld."

„Und was wollen die ganzen Urlauber hier?"

„Na, die sagenumwobene Flöötenblööte sehen, was sonst. Guck!"

Die Crew zeigte am Käpt'n vorbei nach hinten. Als Eddy und er sich umdrehten, sahen sie eine lange Schlange von Leuten, die geduldig darauf warteten, durch das Tor und einen hohen, mit Stacheldraht gesicherten Zaun eingelassen zu werden. Wachleute in Uniform tigerten auf beiden Seiten hin und her. Ein riesiges Schild, mit großen roten Lettern beschriftet, warf seinen Schatten auf die Wartenden.

WARNUNG! BLÜTEN BERÜHREN VERBOTEN!

„Das wird ja noch schwieriger, als ich dachte", sagte der Käpt'n. „Wie in aller Welt sollen wir eine Flöötenblööte pflücken, wenn hier so viele Aufpasser rumstehen?"

10. Kapitel

In dem ein genialer Plan geschmiedet wird

„Wir brauchen einen Plan, wie wir an diese Flöötenblööte rankommen“, sagte der Käpt’n.

„Kann ich vielleicht ...“, begann die Crew.

„Pssst!“, zischte der Pirat. „Ich bin hier der Kapitän, und ich sage, wir brauchen eine richtig große Kanone. Ka-bumm! Wir sprengen ein Loch in den Zaun und schnappen uns die Blume.“

„Das Problem ist nur ...“, wandte Eddy ein. „Wir haben keine Kanone.“

„Darf ich vielleicht ...“, versuchte es die Crew wieder.

„Pssst!“, zischte der Käpt’n wieder. „Lass mich nachdenken. Ich hab’s! Plan B. Wir suchen uns eine richtig große Kanone. Ka-buum!“

„Aber so eine große Kanone liegt ja nicht einfach irgendwo rum“, sagte Eddy.

„Ich hab eine ...“, sagte die Crew.

„Zum letzten Mal – pssst! Also gut, Plan B ist vielleicht nicht perfekt. Also – Plan C. Wir suchen uns zwei kleinere Kanonen.“

„Aber …“, begann die Crew.

„Pssst!“, zischte der Käpt’n. „Zum allerletzten Mal.“

„Wie du meinst, Schätzchen“, sagte die Crew.

„Wir brauchen einen Plan D“, sagte Eddy. „D für durchtrieben. Wir müssen uns etwas ausdenken, womit wir die Wachleute ablenken können. Dann kann sich einer von uns reinschleichen und unbemerkt die Flöötenblööte klauen. Habt ihr eine Idee?“

„Na ja“, sagte der Käpt’n. „Wenn wir eine richtig große Kanone hätten …“

„Lasst uns überlegen“, sagte Eddy.

„Möchte jemand ein Sandwich?“, fragte die Crew. „Mit Käse und Mangochutney. War das letzte im Laden.“

„Klingt gut“, sagte Eddy. „Das Frühstück ist schon lange her.“

Seemöwen sind stolze, nachtragende Wesen. Wer ihnen mal eins ausgewischt hat, kann sicher sein, dass sie ihm das nie vergessen werden. Und genau deswegen kreiste die Möwe, mit der Eddy oben auf den Klippen Bekanntschaft gemacht hatte, jetzt dreißig Meter über ihren Köpfen in der Luft. Zusammen mit ihren Freunden, die sie zusammengetrommelt hatte. Die Zeit der Vergeltung war gekommen.

Die Seemöwe nahm ihr Ziel ins Visier, legte die Flügel an und stürzte sich kopfüber auf Eddy. Die anderen Vögel folgten ihrem Beispiel, eine Wolke aus spitzen Schnäbeln, die auf

Rachekurs waren. Und Eddy hatte keine Ahnung, was da auf ihn zukam.

Nur einen halben Meter von Eddys Kopf entfernt erblickte die Möwe aber das Sandwich. Sie fuhr einen Flügel aus, schrammte an Eddys rechtem Ohr vorbei und hackte auf das Brot ein. Gierig stürzten sich auch die anderen Vögel darauf, kreischend und keckernd erfüllten sie die Luft mit ihren Schreien, herumfliegenden Federn sowie Brot- und Käsebröckchen. Eddy brüllte gegen die Meute an, während die Crew mit einem Regenschirm nach ihr schlug.

Sofort drehten sich alle Urlauberköpfe zu ihnen um. Die Wachleute verließen ihre Posten und eilten herbei, um für Ordnung zu sorgen.

„Genial!“, schrie der Käpt'n über das Getöse hinweg. „Keine Ahnung, wie du das angestellt hast, aber das ist das beste

Ablenkungsmanöver aller Zeiten. Flöötenblööte, ich köömme!" Er rannte los.

Das Käse-Mangochutney-Sandwich war nicht besonders groß. Und die Seemöwe hatte ziemlich viele Freunde mitgebracht. Daher war ungefähr sechsundzwanzigeinhalb Sekunden nach Beginn des genialen Ablenkungsmanövers der letzte Krümel im letzten Schnabel verschwunden. Das Gekreische verstummte, die Möwen flatterten davon, und auf einmal sah das Ablenkungsmanöver gar nicht mehr so genial aus. Vor allem nicht für den Käpt'n, der sich noch mehrere Meter vor der Absperrung rund um die Flöötenblööten befand. In vollem Lauf krachte er gegen zwei Wachmänner, die sich ihm entgegengestellt hatten. Sie packten ihn an seinem Mantelkragen und katapultierten ihn im hohen Bogen über die Köpfe der Touristen davon.

„Und versuch so was nie wieder!", brüllte ihm der eine Wachmann hinterher.

„Wir behalten dich im Auge!", schrie der zweite genau in dem Augenblick, als der Käpt'n mit einem dumpfen Aufprall auf dem Hintern landete.

Er rappelte sich auf und humpelte zu Eddy und der Crew hinüber, die mitten in einem Haufen Möwenfedern und Sandwichpapierfetzen hockten.

„Also gut", sagte er. „Hat jemand eine Idee für Plan E?"

„Wenn du so nett wärst, mit dem ewigen Pssst aufzuhören, Schätzchen ... Ich hätte da was", sagte die Crew und holte eine

Topfpflanze aus ihrer Tasche. Es war ein wild wucherndes kleines Ding mit spinnwebartigen Blättern und ein paar winzigen Blüten, deren Farbe man als mattgrau-rosa-aber-hauptsächlich-braun bezeichnen konnte.

„Aus dem Souvenirshop", sagte die Crew. „Eine Flöötenblööte."

„Und wegen dem Fusselding die ganze Aufregung?", sagte der Käpt'n. „Sieht doch nach nix aus."

„Aussehen ist nicht alles, Schätzchen", sagte die Crew.

„Riecht sie denn?", fragte Eddy.

„Oh ja, und wie", antwortete die Crew.

Eddy beugte sich vor und holte tief Luft. Es war, als hätte er seine Nase in einen alten Turnschuh gesteckt, den ein nasser Labrador getragen hatte, der damit in irgendwas Unschönes getreten war.

„Nur nicht besonders angenehm", fügte die Crew hinzu.

„Krummbart lacht sich bestimmt einen Ast, dass wir uns so abmühen mussten, um dieses langweilige kleine Gestrüpp zu ergattern", sagte der Käpt'n. Er streckte die Hand nach der Blume aus und ...

„La la laaaaaaaaaaa!"

„Wow!", rief Eddy. „Die singt ja!"

„Ja, das machen sie alle, hab ich im Souvenirladen schon gehört", erklärte die Crew. „Die Leute stehen nur deswegen in der Schlange, weil sie die wilden Exemplare singen hören wollen. Anscheinend wachsen sie zu Tausenden auf dem Berg da."

In diesem Augenblick zerschnitt ein hoher, süßer Ton die Luft. Ein zweiter gesellte sich dazu und noch einer und noch einer und dann Hunderte, und im Handumdrehen erfüllte ein liebliches Blütenkonzert die Luft.

„Wunderschön!“, sagte die Crew.

„Wahnsinn!“, hauchte Eddy.

„Blumensingsang hin oder her“, sagte der Käpt'n. „Wir haben eine Mission zu erfüllen. Wir müssen die Blume aufs Schiff schaffen und von der Karte erfahren, wie unsere nächste Aufgabe aussieht. Und dieses Mal nehmen wir den Aufzug nach unten. Crew, du führst uns!“

Sie gingen an einer Kuh vorbei, die allein auf einer großen Wiese voller Gänseblümchen stand. Die Kuh sah ihnen nach, bis sich die Aufzugtüren hinter ihnen schlossen. Dann sagte sie leise: „Na, die haben es auf die harte Tour gemacht, was?“

„Woher soll ich das wissen?“, erwiderte der Magen der Kuh. „Ich kann doch nur dein Hinterteil sehen. Nächstes Mal tauschen wir aber, dann bin ich der Kopf.“

Wer da wohl im Kuhkostüm steckte? Vielleicht Leute von der *Aasfresser*, die sehen wollten, wie der Käpt'n auf seiner Schatzsuche vorankam? Oder aber zwei Spione, die gleich ihrem Boss, dem Erfinder der magischen Schatzkarte, Bericht erstatten würden? Oder doch nur zwei Freunde, die sich einfach gern als Kuh verkleideten und mit dem Rest der Geschichte überhaupt nichts zu tun haben?

11. Kapitel

In dem kein Sellerie enthalten ist

An Bord der *Knusperkeks* verlor die Karte keine Zeit. Kaum hatte der Käpt'n die Flöötenblööte danebengelegt, spuckte sie gleich die zweite Aufgabe aus.

Level zwei: Die Insel der Wörter. Erweckt den Baum mit tausend Enden und bringt mir den Vers, den er euch gibt.

„Was soll das denn schon wieder?", sagte der Pirat. „Wie soll ein Baum tausend Enden haben?"

„Vielleicht sind damit seine Äste und Zweige gemeint", vermutete Eddy.

„Und wir sollen ihn aufwecken", sagte der Käpt'n. „Wie bitte weckt man denn einen Baum auf?"

„Vielleicht mit Glockenblumen?", antwortete der Pinguin und grinste. „Ach, kommt schon, wieso lacht hier niemand? Der war doch gut."

„Und wie kann uns ein Baum einen Vers geben?"

„Vielleicht ist er ja ein Buch ... äh ... eine Buche ... mit vielen Blättern", sagte der Pinguin. „Verstanden? Buch – Buche? Hey, ich hab gerade einen Lauf. Schreibt jemand die Witze mit?"

„So übel bist du gar nicht“, sagte der Käpt’n und klopfte dem Pinguin auf die Schulter. „Na gut, dann wollen wir uns mal auf die Suche nach der Buchbuche machen.“

„Erst eine Blume, jetzt ein Gedicht ...“, sagte Eddy. „Das muss wohl wieder Krummbarts Sinn für Humor sein, nicht?“

„Also, für die Dichtkunst hatte der alte Krummbart wirklich eine Schwäche“, sagte der Käpt’n. „Er hat Verse über sich schreiben lassen, über seine Tapferkeit und seinen Grips. Und über seine große Liebe – zu Schätzen.“

„Verliebt in einen Schatz. Wie unromantisch“, sagte die Crew. „Nix von wegen sein treues Mädchen wartet zu Hause und verzehrt sich vor Sehnsucht, bis das Schiff ihres Liebsten endlich wieder in den Hafen einfährt ... Wie sieht’s mit dir aus, Käpt’n Schätzchen, hast du eine große Liebe?“

„Meine einzige große Liebe ist die See“, erwiderte der Käpt’n. „Denn wozu brauch ich rote Lippen, wenn doch die salzige Gischt mir das Gesicht küsst? Wozu brauch ich sanftes Gesäusel im Ohr, wenn doch die Wellen mich in den Schlaf wiegen? Wozu brauch ich zärtliche Umarmungen, wenn doch tropische Nächte meine alten Knochen wärmen können?“

„Ach, mach dir nichts draus“, sagte die Crew. „Irgendwann wirst du schon eine nette Freundin finden.“

„Was juckt mich denn jetzt eine Freundin?“, gab der Käpt’n zurück. „Wir haben Wichtigeres zu tun. Bestimmt müssen wir noch eine Prüfung bestehen, um uns des Schatzes würdig zu erweisen. Darauf verwette ich meine Unterbüx!“

„Wie aufregend!“, sagte die Crew. „Ich kann’s kaum erwarten.“

„Ich fürchte, wir müssen uns noch etwas gedulden“, sagte Eddy. „Die Insel der Wörter scheint ganz schön weit weg zu liegen. Vor morgen früh sind wir bestimmt nicht da.“

„Ich kann euch ja mit ein paar Witzen aus meinem aktuellen Programm unterhalten“, bot der Pinguin an. „Was macht ein Fisch im Drogeriemarkt? Na, Antischuppenshampoo kaufen!“

Mit geblähten Segeln nahm die *Knusperkeks* Kurs auf die Insel der Wörter. Das Seltsame war nur, sie tat es, obwohl niemand am Ruder stand.

„Ich glaube, die Karte steuert das Schiff“, sagte Eddy. „Sie sagt dem Schiff irgendwie, wohin es fahren muss.“

„Ich glaube, das gute alte Schiff weiß von ganz alleine, wohin es fahren muss“, entgegnete der Käpt’n. „Und die Karte ist nur dazu da, es uns zu zeigen.“

„Und ich glaube“, sagte der Pinguin, „wenn ich mein Programm mit einer witzigen Tanznummer abschließe, wird mein Publikum mich lieben. Hey, kommt ein Pinguin zum Fotografen, um Passbilder zu machen. Fragt der Fotograf: ‚Schwarzweiß oder in Farbe?‘“

Leise klatschten die Wellen gegen den Bug der *Knusperkeks*. Die Takelage knackte, der Holzrumpf ächzte. Doch das lauteste Geräusch war das Magengrummeln des Käpt’ns.

„Mein Bauch würde mit dem Smutje gerne mal ein Hühnchen rupfen“, sagte der Pirat. „Oder überhaupt mal ein Hühnchen oder sonst was Essbares zu Gesicht bekommen. Was ist jetzt mit Abendessen?“

„Ich hab im Laderaum nichts gefunden“, berichtete Eddy. „Dafür steht da unten aber eine große Kiste mit Lederstiefeln. Ich hab mal gelesen, wenn Seeleute am Verhungern sind, kochen sie daraus Suppe.“

„Das bringt uns auch nicht weiter“, sagte der Käpt’n. „Erstens sind wir nicht am Verhungern, und zweitens schmeckt Lederstiefelsuppe ganz scheußlich. Und drittens muss man Lederstiefel mindestens einen ganzen Tag lang kochen, so zäh, wie die sind.“

„Was ist mit der Karotte auf deiner Schulter?“, fragte Eddy.

„Die ist Teil der Mannschaft“, erwiderte der Pirat. „Und Mannschaftsmitglieder aufzuessen gehört sich nicht.“

„Dann gibt’s heute also kein Abendessen?“, fragte Eddy. Auch sein Magen fing langsam an, bedrohlich zu knurren.

„Das Leben eines Abenteurers ist kein Zuckerschlecken, mein Junge. Aber keine Sorge, ich habe eine Idee: Wir machen ein Piratenpicknick. Auch wenn nichts auf dem Tisch steht, kann man sich in seiner Fantasie alles ausmalen. Du stellst dir einfach vor, was du alles isst und wie du davon satt wirst, und zack, hast du keinen Hunger mehr.“

„Sehr unwahrscheinlich“, sagte der Pinguin.

„Na ja, versuchen kann man’s ja mal“, sagte die Crew. „Gehört wohl alles dazu, wenn man in See sticht und aufregende

Abenteuer erlebt. Und ich bin sicher, mein Gehirn ist viel schlauer als mein Magen."

Also versuchte Eddy sich zu konzentrieren. Er stellte sich Hamburger vor und Bohnen mit Speck und Pommes mit Ketchup. Und dann stellte er sich Sandwiches mit Käse und Erdnussbutter vor und leckere Biskuitrollen und Pfefferminz-Eiskrem mit doppelt Schokostückchen. Und mit Streuseln.

„Es funktioniert nicht", stellte er fest. „Ich krieg davon nur noch mehr Hunger."

„Du sollst dir ja auch keine leckeren Sachen vorstellen", sagte der Käpt'n. „Ist doch klar, dass dein Magen dann einen Nachschlag verlangt. Das Geheimnis besteht darin, sich nur Sachen vorzustellen, die man nicht gerne isst. Dann entscheidet dein Magen, dass er davon eh nichts haben will. Wie sieht's bei dir aus mit Gemüse? Ich wette, da bleibt immer was auf dem Teller liegen."

„Nur Sprossen", sagte Eddy. „Und Kohl natürlich. Ach ja, und Brokkoli. Und Rote Bete. Und Blumenkohl und Lauch und Zucchini und Steckrüben. Und Pastinaken. Spinat mag ich auch nicht besonders. Und Radieschen. Und Saubohnen und Rettich und grüne Bohnen und Salat. Und Zwiebeln. Hab ich schon Zuckermais gesagt? Ach ja, und keine Petersilienwurzel und Kürbis. Und was die Leute immer an Gurken finden, verstehe ich auch nicht. Aber alle anderen Gemüsesorten esse ich. Ich sag meiner Mutter ständig, dass ich beim Essen nicht mäkelig bin, ich mag nur manche Sachen einfach nicht. Ach ja, und Staudensellerie. Sellerie kann ich nicht leiden. Auf keinen Fall!“

„Na dann“, sagte der Käpt’n. „Dann stellst du dir jetzt Sellerie vor. Bist du bereit? Los geht’s.“ Damit fing er an zu schmettern:

„Wir machten ein Piratenpicknick,
um den Hunger zu vergessen.
Und bei dem Piratenpicknick,
was mussten wir da essen?

Sellerie! Pass auf, gleich bist du dran! Jetzt mach die Augen zu und stell’s dir vor. Eine riesige Schüssel voller Staudensellerie. Kannst du sie sehen, diese ganzen grünlichen, eklig faserigen Stangen?“

„Ja“, sagte Eddy.

„Jetzt riech mal dran – riechst du diesen widerlichen Sellerie-Gestank?“

„Ja“, antwortete Eddy und verzog das Gesicht.

„Stell dir vor, du beißt in so eine Stange rein ...“

„Igitt!“, rief Eddy.

„Und jetzt behalt all das im Kopf und sprich das Gedicht.“

„Okay“, sagte Eddy.

„Wir machten ein Piratenpicknick,
um den Hunger zu vergessen.
Und bei dem Piratenpicknick,
was mussten wir da essen?
Sellerie! Bäh!"

„Hervorragend!“, rief der Käpt’n. „Crew, jetzt du!“

„Ich hab mir überlegt, ich würde mir aus dem unsichtbaren Sellerie gern eine unsichtbare Suppe kochen“, begann die Crew munter. „Ich würde den Sellerie erst mit ein bisschen unsichtbaren Zwiebelwürfeln anschwitzen, dann mit etwas unsichtbarer Milch ablöschen, unsichtbares Tomatenmark und unsichtbaren schwarzen Pfeffer hinzugeben – und dann ganz heiß servieren, mit unsichtbaren, noch ofenwarmen Brötchen und ein paar Flocken unsichtbarer Butter. Köstlich.“

„So ganz hast du nicht kapiert, worum es hier geht, was?“, sagte der Käpt’n. „Aber zumindest kannst du mit unsichtbaren Zutaten wesentlich besser kochen als ich. Ich lass sogar unsichtbaren Toast anbrennen.“

„Mir reicht’s jetzt mit dem ganzen Sellerie“, sagte Eddy. „Ich hab keinen großen Hunger mehr. Am besten leg ich mich jetzt in meine Hängematte. Gute Nacht.“

Aber Eddy konnte nicht einschlafen. Die aufregenden Erlebnisse des vergangenen Tages hielten ihn wach und dazu die Gedanken daran, was der kommende Tag wohl bringen würde. Eine Stunde lang wälzte er sich unter seiner Decke hin und her, dann beschloss er aufzustehen und an Deck eine Runde spazieren zu gehen. Vielleicht würde ihm die frische Seeluft helfen, zur Ruhe zu kommen.

Im Westen, wo die Sonne am Ende dieses langen Sommertages beinahe ganz hinter dem Horizont verschwunden war, glühte der Himmel orangerot. Der Käpt'n stand an der Reling, umgeben von den letzten Strahlen, und starrte auf die offene See hinaus. Eddy ging zu ihm.

„Na, kannst nicht schlafen?", fragte der Käpt'n. „Ist auf der ersten Seefahrt ganz normal. Hast du Heimweh?"

„Nein", antwortete Eddy. „Hier geht's mir viel besser. Außerdem war ich ja gar nicht zu Hause. Meine Eltern hatten so viel zu tun, dass sie keine Zeit hatten, sich um mich zu kümmern. Und wenn ich zu Hause bin, sind sie fast nie da. Und wenn doch, scheuchen sie mich nur rum – ‚mach deine Hausaufgaben, geh einkaufen, räum dein Zimmer auf …' Ständig machen sie mir Vorschriften. Ich mag es gar nicht, wenn man mir Vorschriften macht."

„Aber ich mach dir doch auch Vorschriften."

„Das ist was anderes. Du bist der Kapitän. Es ist dein Job, Befehle zu erteilen. Und du bringst mir bei, wie man ein Pirat wird und Schätze findet."

Schweigend standen sie nebeneinander und sahen aufs Meer hinaus. Der westliche Horizont war inzwischen ganz dunkel geworden. Tausende Sterne durchlöcherten den Himmel, und der Mond spiegelte sich in der glatten Wasseroberfläche.

„Das Meer ist ganz schön groß“, sagte der Käpt'n. „Da kann man schon mal einsam werden.“

„Ich fühl mich aber nicht einsam“, sagte Eddy. „Im Moment jedenfalls nicht.“

„Ich auch nicht“, sagte der Pirat und legte Eddy einen Arm um die Schultern. „Du hast deine Sache heute echt gut gemacht, Schiffsjunge.“

„Danke, Käpt'n.“ Eddy gähnte. „Ich glaube, jetzt kann ich schlafen. Gute Nacht.“

Damit trottete er wieder ins Bett.

Es dauerte nicht lange, da verfärbte sich der Himmel im Osten goldglänzend. Was aber nicht etwa daran lag, dass die Sonne beschlossen hätte, diesmal besonders früh aufzugehen. Sondern daran, dass Barracuda Bill sich langweilte und beschlossen hatte, etwas Spaß zu haben. Und am meisten Spaß machte es ihm, kleine Inseln in Brand zu stecken. Hübsche kleine Inseln, die nie jemandem was zuleide getan hatten. Ein schwaches *Bumm! Bumm!* dröhnte übers Meer, während die tausend Palmen lichterloh brannten.

12. Kapitel

In dem was Fischiges in der Luft liegt

Eddy schlief mit dem Geruch nach unsichtbarem Sellerie in der Nase ein.

Am nächsten Morgen wurde er wach, weil ihn der Geruch nach Fisch in der Nase kitzelte. Frühstück? Eddy war am Verhungern. Er schaute sich nach den Fischen um, von denen der Duft ausging. Aber da waren keine. Nicht mal eine einzige Gräte.

Die Crew schlief unter einer Decke an Deck. Der Pinguin lag leise schnarchend flach auf dem Rücken. Und der Käpt'n plumpste mit einem dumpfen Aufprall aus seiner Hängematte und wachte auf. Er stieß seine Kabinentür auf und trat mit bebenden Nasenlöchern an Deck.

„Fisch?“, sagte er.

Die Crew schlug die Augen auf. „Fisch! Ich hol schnell meine Pfanne!“

„Ich hab's auch gerochen", sagte Eddy. „Aber ich seh keinen Fisch."

Der Käpt'n fuhr mit einem Finger über die Deckplanken. Als er die Hand hob, glänzte seine Fingerspitze silbern.

„Fischschuppen", verkündete er. „Hier müssen Fische gelegen haben, und jetzt sind sie weg. Und da Fische normalerweise nicht mal eben so an Bord hüpfen, um einen nächtlichen Spaziergang an Deck zu machen, muss jemand sie hierher gebracht haben. Und wenn ihr zwei das nicht wart ... PINGWING!"

Der Pinguin richtete sich ruckartig auf.

„Kannst du mir mal erklären, was es mit dieser fischigen Angelegenheit auf sich hat?", polterte der Käpt'n.

„Keine Ahnung, wovon du redest", sagte der Pinguin.

„Jemand hat Fische an Bord geschmuggelt", sagte der Pirat. „Und ich will wissen, wer, wie, was, warum, wann und wo."

„Ähem", räusperte sich der Pinguin. „Na, so was." Dann rülpste er.

Der Fischgeruch waberte noch stärker übers Deck.

„Aha!", stieß der Käpt'n hervor. „Hauch mich mal an!"

„Das würde ich nicht empfehlen", wehrte der Pinguin ab. „Zähne putzen und Zahnseide benutzen kann ich mit diesen Flossen nicht so gut ... Nach Pfefferminz rieche ich also eher nicht."

Der Käpt'n beugte sich über den Vogel und atmete tief ein.

„Stinkiger Fisch!", schrie er und wankte wieder zurück. „Du

stinkst nach Fisch! Schlimmer als ein Oktopus in seinen acht Achselhöhlen zusammen. Was hast du gefressen?"

„Ein Piratenpicknick, genau wie alle anderen. Unsichtbare Meeresfrüchte."

„Unsichtbares Essen riecht aber nicht."

„Na ja, ich hab eben eine lebhafte Fantasie."

„Hör auf, dich wie ein Aal zu winden, und sag uns endlich die Wahrheit!"

„Na gut", gab der Pinguin sich geschlagen. „Was habt ihr denn erwartet? Ich bin ein Pinguin! Wenn ich Hunger hab, fange ich mir Fische. Die fresse ich dann. Gestern Abend hatte ich mächtig Hunger. Das liegt in meiner Natur. Wie heißt es so schön – Fische müssen schwimmen, Vögel müssen fliegen. In meinem Fall klappt's nur mit dem Fliegen nicht so. Ich muss Fische fangen, ich kann nicht anders. Also, wo liegt das Problem?"

„Das Problem ist, dass du uns nichts davon abgegeben hast", sagte der Käpt'n.

Eine unbehagliche Stille legte sich über das Schiff.

„Na ja, ihr habt mir doch auch nichts von eurem Sellerie abgegeben", sagte der Pinguin.

„Hrrrmpf!", hrrrmpfte der Käpt'n.

„Grrrmpf!", grrrmpfte der Pinguin.

„Ich bitte um Entschuldigung, dass ich mich ungefragt einmische, Schätzchen", ging die Crew dazwischen. „Aber jetzt, wo sich der Befreite Matrose Pinguin als Begnadeter Fischer

Pinguin entpuppt hat und wir offenbar alle Hunger haben – was spricht dagegen, dass wir ihn zu unserem offiziellen Fischlieferanten ernennen?"

„Das ist doch mal eine hervorragende Idee", sagte der Käpt'n. „Also, Pingwing, fühlst du dich der neuen Aufgabe gewachsen?"

„Pipifax", sagte der Pinguin und flutschte von Bord.

„Dann hol ich jetzt die Pfanne aus meinem Rucksack", sagte die Crew.

Und so konnten sie sich kurze Zeit später ein köstliches Frühstück genehmigen. Eddy aß, bis er richtig satt war. Und er musste dafür kein einziges Mal an Sellerie denken.

Als er aufgegessen hatte, schaute Eddy wieder auf die Karte. Die eingezeichnete *Knusperkeks* war inzwischen viel näher an die Insel der Wörter herangerückt – eine Insel in Form eines Kommas, ein dickes rundes Ding mit einem kleinen gebogenen Ausläufer. Eddy schaute aufs Wasser hinaus und ...

„Hey! Ich kann die Insel sehen!", rief er.

„Nein, nein, nein!", sagte der Käpt'n. „Der korrekte Ausruf lautet: ‚Land in Sicht!'. Du musst das schon richtig sagen."

„Entschuldigung", sagte Eddy. „Land in Sicht!"

Der Käpt'n hielt sich das Fernrohr ans Auge.

„Da steht auch schon die Buchbuche", sagte er. „Das muss sie sein, ist nämlich der einzige Baum auf der Insel. Steht ganz an der Spitze der Spitze, und um die Spitze rum stehen noch spitzere Felsen, die aus dem Wasser ragen. Da können wir mit

dem Boot unmöglich anlanden, aber auf der breiten Seite der Insel gibt's einen hübschen Strand mit hohen Grasbüscheln. Also gehen wir dort an Land und von da zu Fuß zum Baum rüber. Ein Kinderspiel!“

Doch wie sich bald herausstellte, täuschte sich der Käpt'n da gewaltig.

13. Kapitel

In dem es mächtig kracht

„Aua!“, schrie Eddy auf, als ein Bambusstängel von der Schulter der Crew zurückschnalzte und ihm ins Gesicht klatschte.

Die Grasbüschel, die der Käpt’n durchs Fernrohr gesehen hatte, entpuppten sich als wesentlich büscheliger als erwartet. Die Knusperkekser mussten sich mühsam durch einen fast undurchdringlichen Wald aus dicken Halmen und Stängeln kämpfen.

„Ganz schön still hier, oder?“, sagte Eddy.

Ja, still war es tatsächlich. Unheimlich still. Kein Vogel zwitscherte über ihren Köpfen. Kein Insekt summte zwischen den Blättern hindurch. Keine Blaskapelle schmetterte fröhliche Marschlieder. Und zwei von diesen drei Dingen waren eindeutig untypisch für eine Insel.

„Du wolltest doch hoffentlich nicht sagen: ‚zu still‘, oder?“, sagte der Pinguin. „Denn sobald man so was sagt, kann man sicher sein, dass im nächsten Moment irgendein riesiges, haariges Ungeheuer mit lautem Gebrüll aus dem Gebüsch gestürzt kommt.“

„Wir sind auf der Insel der Wörter“, sagte die Crew. „Das klingt nicht so, als würden hier so viele riesige, haarige Ungeheuer hausen. Es gibt doch diese Redewendung: Stock und Stein brechen Gebein, doch Worte bringen keine Pein.“

„Ha!“, stieß der Pinguin hervor. „Von wegen! Meinen Cousin hätten Worte fast umgebracht.“

„Bestimmt werde ich es bereuen, dich gefragt zu haben“, sagte der Käpt'n. „Aber ich muss es wissen: Wie in aller Welt haben Worte deinen Cousin fast umgebracht?“

„Jemand hat ihm ein schweres Wörterbuch auf den Kopf fallen lassen. Zack, war er ohnmächtig.“

„Ich wusste es“, seufzte der Käpt'n. „Ich glaube, wir legen jetzt am besten eine kleine Pause ein. Ich muss wieder ein bisschen zu Atem kommen.“

Sie blieben stehen. Das Geräusch von vier Mündern (besser gesagt, drei Mündern und einem Schnabel), die nach Luft schnappten, echote in Eddys Ohren.

Aber, Moment mal – war da etwa noch ein anderes Geräusch? Eddy lauschte angestrengt.

„Pst!“, zischte er. „Hört mal alle auf zu atmen.“

„Das wird aber schlecht gehen“, sagte der Pinguin. „Ich kriege Zustände, wenn ich nicht atme. Und der schlimmste Zustand nennt sich Tod.“

„Ihr sollt doch nur mal kurz still sein“, sagte Eddy. „Ich glaube, ich hab da was gehört.“

Also hielten sie alle den Atem an und lauschten. Es war nur

ganz schwach, kaum hörbar, aber irgendwo vor ihnen raschelte es leise. Eindeutig.

„Der Junge hat recht", sagte der Käpt'n. „Keine Ahnung, woher das Geräusch kommt, aber es könnte zu der Aufgabe gehören, die Krummbart uns gestellt hat. Also Vorsicht, Leute."

Langsam schlichen sie weiter. Nach ein paar Metern endete der Bambuswald plötzlich, und die Knusperkekser fanden sich auf einer breiten hellen Lichtung wieder, die so groß war wie ein Fußballfeld. Jenseits der Lichtung lag das spitze Ende der Insel, ein schmaler, flacher, brauner Kiesstrand – von einem kolossalen Riesenbaum beschattet.

„Die Buchbuche", raunte der Käpt'n. „Na, dann wollen wir uns das Ding mal aus der Nähe anschauen."

Die weite Lichtung vor ihnen war offen, aber nicht leer – sondern mit Tausenden und Abertausenden von Büchern bedeckt. Sie lagen alle auf dem Rücken und ließen sich die Seiten vom Wind auffächern.

Der Käpt'n ging voran. Er schlich auf Zehenspitzen um die Bücher herum, um bloß auf keines zu treten. Das Geräusch, das Eddy gehört hatte, war nun lauter als vorher. Es war das Rascheln der Buchseiten, die in der Brise hin und her flatterten.

„Das klingt fast so, als würden sie atmen", wisperte Eddy.

„Ja, als würden sie schlafen", fügte die Crew hinzu.

„Ach übrigens ...", sagte der Pinguin. „WARUM FLÜSTERN WIR EIGENTLICH?"

Seine laute Stimme hatte eine abrupte, dramatische Reaktion zur Folge. Die Bücher, die zu den Füßen des Pinguins gelegen hatten, begannen zu zittern und zu beben und wild mit den Seiten zu schlagen.

„Sie heben ab!", sagte Eddy. „Schaut mal – da! Und da!"

Wo auch immer sie hinsahen – überall wanden und wälzten sich und wirbelten Bücher umher, stoben in die Luft wie schwerfällige Vögel, schwebten und schwankten um die Knusperkekser herum, stießen sie an den Köpfen und Schultern an.

Ein Buch, das beim ersten Kapitel aufgeschlagen war, hing flatternd vor Eddys Gesicht in der Luft. Und dann erklang eine Stimme. Eine ziemlich altmodische und ziemlich laute Stimme, die begann, die Worte laut vorzulesen.

„An einem strahlend sonnigen Morgen stieß Gerald, der Zwerg, die Läden an seinem vorderen Fenster auf und blickte auf das Tal der Narzissen hinaus ..."

Da tönte eine zweite Stimme in Eddys Ohr ...

„Bitte, Papa! Sybil hat doch auch ein eigenes Pony und Ethel auch! Und so ziemlich jeder in unserer Klasse, nur ich nicht ..."

Eine dritte Stimme traf Eddy von hinten.

„‚Mary, bring eine Runde Limonade für alle!', rief Victor im Befehlston. ‚Es ist heiß heute, und die Siegreichen Sechs werden einen kühlen Kopf brauchen, denn ich wette, das nächste große Abenteuer wartet schon ...'"

Aus drei Stimmen wurden schnell hundert, aus hundert schnell tausend, und die Tausend verwoben sich zu einer riesigen Stimmwelle, die Eddy schier von den Füßen blies. In seinem Kopf drehte sich alles, er konnte keinen klaren Gedanken mehr fassen. Er holte tief Luft und brüllte: „RUHEEE!", so laut er nur konnte. Doch bei dem ohrenbetäubenden Krach konnte er nicht mal seine eigene Stimme hören.

Und dann setzten die Schmerzen ein – als würde ihm jemand zwei Metallschrauben in den Schädel bohren. Sein Kopf fühlte sich an, als würde er gleich explodieren.

Er spähte durch den Buchsturm nach den anderen. Vielleicht war ja einem von ihnen eine Lösung eingefallen.

Der Käpt'n kauerte auf allen vieren am Boden und buddelte mit bloßen Händen ein Loch in die sandige Erde, um seinen Kopf darin zu vergraben. Der Pinguin stand steif und reglos da, seine Augen starrten ins Leere. Die Crew hatte einen Haufen Zeug, das vielleicht irgendwann mal nützlich sein könnte, aus ihrem Rucksack herausgeschaufelt und es geschafft, den größten Teil ihres Körpers hineinzuzwängen. So viel stand fest: Die drei würden Eddy schon mal nicht zu Hilfe kommen.

Seine Knochen klapperten. Der Schmerz in seinem Kopf war schlimmer als alles, was er je erlebt hatte, und er wurde mit jeder Minute noch schlimmer. Eddy war übel und schwummerig, als würde er im nächsten Augenblick ohnmächtig werden. Und wenn das passierte, dann war es höchst fragwürdig, ob er je wieder aufwachen würde. Er musste etwas unternehmen.

Nur was?

14. Kapitel

In dem es Zeit wird für Geschichten

Eddy nestelte die Schnürsenkel seiner Schuhe auf und kickte sie von den Füßen. Dann riss er sich die Socken herunter, ballte sie zu Knödeln zusammen und presste sie so fest wie möglich auf seine Ohren.

Das dämpfte einen Teil des schrecklichen Krachs. Der war zwar immer noch schrecklich, aber doch irgendwie besser – so wie ein entsetzlich schmerzender kaputter Zahn besser ist als zwei entsetzlich schmerzende kaputte Zähne.

Eddy duckte sich tief unter den Sturm der fliegenden Bücher und hielt auf den Haufen Sachen zu, die die Crew aus ihrem großen roten Rucksack herausgezerrt hatte. Was könnte Tausende und Abertausende von Büchern zum Schweigen bringen? Dann hatte Eddy plötzlich eine Idee. Und sein Kopf war so schmerzerfüllt, dass er keine Ahnung hatte, ob die Idee gut oder schlecht war.

Er durchwühlte den Haufen, bis er fand, wonach er suchte – einen dicken Leuchtstift und ein großes Stück weiße Pappe. Dafür musste er zwar die Sockenknödel loslassen, die er sich auf die Ohren gepresst hatte, was das Denken schon wieder viel schwieriger machte. Aber er schaffte es, das gewünschte Wort auf die Pappe zu kritzeln. Und dann erblickte er neben sich ein Megafon, das am Boden lag. Das würde sicher sehr hilfreich sein.

Eddy stand auf. Bücher klatschten ihm gegen die Brust und knallten ihm an den Kopf – aber er hob mit einer Hand die Pappe hoch, hielt sich mit der anderen das Megafon an den Mund, und dann brüllte er:

„DAS HIER IST KEIN ZOO, SONDERN EINE BIBLIOTHEK!!!"

Genau wie Mr Horror-Harris, der Furcht einflößende Schulbibliothekar, die Klasse anbrüllte, wenn sie während der Leisen Lesestunde zu laut wurde.

Die Bücher, die Eddy am nächsten waren, verstummten sofort. Eddy hörte, wie das Zauberwort Bibliothek von einem Buch zum anderen weitergeflüstert wurde. Langsam drehte er sich um die eigene Achse, das Pappschild immer noch in die Luft gereckt. Wie eine träge Pfütze aus dickflüssiger Suppe breitete sich die Stille um ihn herum aus.

Das ohrenbetäubende Dröhnen schrumpfte zu einem dumpfen Grollen, dann zu einem entfernten Summen. Und dann war auf einmal alles still.

Der Käpt'n zog den Kopf aus seinem Erdloch heraus und setzte sich Sand spuckend auf. Die Crew kletterte aus dem Rucksack und fing sofort damit an, ihre verstreuten Sachen wieder einzupacken. Der Pinguin zupfte sich aus jedem Ohr eine Sardine heraus und verschlang sie mit nachdenklicher Miene eine nach der anderen.

„Ich werd verrückt!", sagte er. „Den Ausdruck ‚das spricht Bände' hab ich ja schon mal gehört, aber dass die Bände selber so laut sprechen können, hab ich echt nicht gewusst. Man lernt nie aus."

Die Bücher waren zwar verstummt, flatterten aber immer noch aufgeregt umher.

„Welches von euch hat als Erstes gesprochen?“, wandte Eddy sich an sie.

Ein kleines blaues Buch flatterte auf ihn zu.

„Von euch anderen kein Wort“, sagte Eddy. „So, und jetzt – was sollte der ganze Krach eben?“

„Ich will nur meine Geschichte erzählen“, antwortete das Büchlein traurig.

Ein Raunen ging durch die Bücherreihen auf der Lichtung.

„Ich auch.“

„Das wollen wir alle.“

„Und wie lautet deine Geschichte?“, fragte Eddy.

„Ähem“, räusperte sich das Buch. „Zwerg Gerald streicht seinen Schuppen. Erstes Kapitel. An einem strahlend sonnigen Morgen stieß Gerald, der Zwerg, die Läden an seinem vorderen Fenster auf und ...“

„Nein, ich wollte sie nicht Wort für Wort hören“, unterbrach Eddy das Buch. „Worum geht es darin?“

„Gerald streicht seinen Schuppen blau – weil das seine Lieblingsfarbe ist. Dann spielen ihm ein paar freche Zwerge einen Streich und pinseln den Schuppen in der Nacht rot an. Als Gerald am nächsten Morgen aufsteht und das sieht, stellt er fest, dass Rot auch eine sehr hübsche Farbe ist.“

„Verstehe“, sagt Eddy. „Und dann?“

„Was meinst du mit ‚Und dann‘? Dann ist Schluss. Seite zweiunddreißig: Mehr zauberhafte Geschichten rund um Gerald erscheinen in Kürze.“

„Das ist die ganze Geschichte?“, fragte Eddy. „Ich will ja nicht unhöflich sein, aber ein bisschen langweilig ist sie schon, oder?“

„Langweilig?“, wiederholte das Buch empört. „Die Kinder lieben Gerald! Er trägt Schuhe mit Glöckchen vorne dran, sodass es bei jedem seiner Schritte klingelingelingt, und er singt sein Klingelingeling-Lied dazu. Insgesamt gibt es hundertsiebenundzwanzig Bände über ihn. *Zwerg Gerald trifft ein Kaninchen. Zwerg Gerald hält Mittagsschlaf. Zwerg Gerald probiert eine Scheibe Toast*. Findest du das etwa auch langweilig?“

„Na ja ...“ Eddy suchte nach einer Antwort, die das Buch nicht kränken würde.

„Aber seit 1953 hat mich niemand mehr gelesen!“, schniefte es. „Und so geht es uns allen hier. Seit Ewigkeiten hat uns keiner aufgeschlagen. Niemand interessiert sich mehr für uns.“ Das Buch fing an zu schluchzen.

„Das tut mir leid“, sagte Eddy. „Wirklich ungerecht, so was. Ist doch nicht eure Schuld, dass ihr altmodisch und öde seid.“

„Man kann Leute ja leider nicht zwingen, Bücher zu lesen, die sie nicht lesen wollen“, fügte die Crew hinzu.

„In der Schule machen die das ständig mit uns“, sagte Eddy.

„Das ist was anderes“, sagte die Crew.

„Wieso? Ist mein Erdkundebuch etwa weniger langweilig als, sagen wir mal ...“ Er hob ein Buch vom Boden auf und las seinen Titel vor. „*Tillys neues Tutu*? Okay, war vielleicht ein schlechtes Beispiel.“

„Was ist denn verkehrt an *Tillys neues Tutu?*“, schniefte *Zwerg Gerald streicht seinen Schuppen.*

„Keine Ahnung, das klingt irgendwie total lahm. Worum geht’s denn da?“

„Woher soll ich das wissen?“, gab *Zwerg Gerald streicht seinen Schuppen* zurück.

„Moment mal“, sagte Eddy. „Heißt das, ihr kennt nur eure eigene Geschichte, aber keine von den anderen?“

„Ich glaub schon“, antwortete *Zwerg Gerald streicht seinen Schuppen.*

„Und ihr wünscht euch doch alle jemanden, dem ihr eure Geschichte erzählen könnt. Also könntet ihr euch doch in kleine Grüppchen aufteilen und euch gegenseitig vorlesen. Und wenn ihr durch seid, mischt ihr euch wieder neu und fangt von vorne an. Immer schön leise und ordentlich.“

„Hm“, machte *Zwerg Gerald streicht seinen Schuppen.* „Stimmt eigentlich, warum ist uns die Idee nicht schon viel früher gekommen?“

Darauf wusste auch keines der anderen Bücher eine Antwort. Also setzten sie Eddys Vorschlag in die Tat um. Eddy hatte sich kaum die Schuhe wieder angezogen und die Schnürsenkel verknotet, da schwirrten die Bücher schon in kleinen Kreisen zusammen, und die ersten hatten bereits angefangen, den anderen schön leise ihre Geschichte zu erzählen. Ein Geräusch wie von Zehntausenden Bienen, die friedlich vor sich hin summen, erfüllte die

Lichtung. Die Knusperkekser machten sich wieder auf den Weg zur Buchbuche.

Der riesige Baum war aus der Nähe betrachtet noch riesiger, als er aus der Ferne schon ausgesehen hatte. Aber als Eddy sich zwischen den Büchern durchschlängelte, die um seinen Stamm herum versammelt lagen, sah er, dass der Baum sich in einem bemitleidenswerten Zustand befand. Welke graue Blätter hingen schlapp an seinen nach unten gebogenen Zweigen.

„Auf der Karte stand, wir sollen einen Baum mit tausend Enden aufwecken", raunte der Käpt'n Eddy zu. „Du hast gesagt, mit ‚Enden' könnten die Zweige gemeint sein. Also, der Baum hier hat bestimmt mehr als tausend Enden. Und was machen wir jetzt?"

„Keine Ahnung", antwortete Eddy. „Wie in aller Welt soll man einen Baum aufwecken?"

15. Kapitel

In dem jede Menge Hirnschmalz vonnöten ist

„Wir sollten uns erst mal umgucken", schlug Eddy vor. „Vielleicht liegt ja irgendwo eine Anleitung rum, wie man den Baum aufwecken kann."

Er trat einen Schritt nach links, wo mehrere Bücher im Kreis lagen.

„... und sie lebten glücklich und zufrieden bis ans Ende ihrer Tage", drang die Stimme eines schmalen Bändchens an sein Ohr. „Ende."

Ende.

Wecke den Baum mit tausend Enden.

„Käpt'n!", rief Eddy. „Ich glaube, ich hab die Karte falsch verstanden. Ich denke, die Karte meinte, die tausend Enden werden den Baum aufwecken. Die Enden der Geschichten. Bei den vielen Büchern ist es nur eine Frage der Zeit, bis tausend von ihnen ihre Geschichte zu Ende erzählt haben. Wir müssen nur noch warten, es ist sicher bald so weit."

„Genial!", stieß der Pirat hervor. „Also natürlich nur, wenn du recht hast. Wenn du nicht recht hast, dann ist das total bescheuert. Aber da ich selbst keine bessere Idee habe, warten wir eben. Und während wir warten ... Crew! Pingwing! Ihr behaltet diesen Baum im Auge. Eddy, dir werde ich jetzt etwas ganz Besonderes beibringen. Etwas, was man unbedingt lernen muss, wenn man ein richtiger Pirat sein will."

„Klingt cool", sagte Eddy. „Und was ist das?"

„Das ist ein Spiel", erklärte der Käpt'n. „Ein Spiel, das jeder kennt und liebt, der je sein Glück auf den Sieben Meeren gesucht hat. Ein Spiel, für das man Geschick, gute Nerven, einen scharfen Verstand und Blitzdenkerqualitäten braucht. Das Spiel heißt *Wie viele Affen hab ich in meiner Tasche?*"

„Okay", sagte Eddy. „Und wie lauten die Spielregeln?"

„Am besten lernt man die, indem man einfach drauflosspielt", antwortete der Käpt'n. „Also, jetzt musst du mich fragen: ‚Wie viele Affen hab ich in meiner Tasche?'"

„Okay. Wie viele Affen hab ich in meiner Tasche?"

Der Käpt'n sah Eddy tief in die Augen. Eddy hielt seinem Blick stand. Dann zog der Pirat die Augenbrauen hoch, schürzte die Lippen, legte die Stirn in Falten und blähte die Nasenflügel. Er dachte einen Augenblick nach, dann sagte er: „Ich glaube, du hast zwei Affen in deiner Tasche. Und jetzt musst du mir sagen, ob ich recht habe."

„Nein", sagte Eddy. „Hast du nicht. Ich hab leider keinen einzigen Affen in meiner Tasche."

„Hmmm", brummte der Käpt'n. „Aber ich war nah dran,

nur zwei Stück danebengelegen. Jetzt ich: Wie viele Affen hab ich in meiner Tasche?“

Eddy starrte ihn an. Wo sollte der Käpt’n irgendwelche Affen her haben? Und selbst wenn er welche hätte, würden die nicht hin und wieder einen Laut von sich geben? Außerdem würde jeder Affe, den man in eine Tasche gestopft hat, die Tasche ausbeulen und wild herumzappeln. Die Taschen des Käpt’ns lagen jedoch allesamt leer und flach an seinen Kleidern an.

„Ich glaube, du hast gar keinen Affen in deiner Tasche“, sagte Eddy.

„Stimmt“, sagte der Käpt’n. „Na gut, betrachten wir das als Aufwärmrunde. Jetzt spielen wir richtig. Wie viele Affen hab ich in meiner ...“

„Der Baum!“, rief die Crew dazwischen. „Eddy hatte recht!“

Tatsächlich – der Baum hatte sich verändert. Die Blätter, die zuvor grau und schlapp heruntergehangen hatten, waren nun knackig grün und glänzend. Die nach unten gebogenen Zweige reckten sich stolz in den Himmel.

„Sieht so aus, als wäre er aufgewacht“, sagte der Käpt’n.

„Und was hast du jetzt vor?“, fragte der Pinguin.

„Wer hat das gesagt?“, fragte der Pirat.

„Ich, wer sonst?“, erwiderte der Pinguin. „Wenn man genau hinschaut, sieht man, wie sich mein Schnabel bewegt.“

„Nein, ich meine die andere Stimme. Pst, da war sie schon wieder. Ich hab deutlich gehört, wie sie gesagt hat: ‚Komm näher‘“.

„Ich hab nichts gehört", sagte Eddy.

„Ich auch nicht", sagte die Crew.

„Doch, klar und deutlich", sagte der Käpt'n. „Aber wenn ich der Einzige bin, der die Stimme hören kann, dann soll das wohl heißen, dass sie nur mich angesprochen hat."

„Jetzt fängt er an, mit den Bäumen zu sprechen", sagte der Pinguin und verdrehte die Augen. „Gleich fängt er an zu plappern, zu brabbeln und Unsinn zu stammeln!"

„Halt den Schnabel, Pingwing", sagte der Käpt'n. „Der Baum sagt, wenn ich einen Vers haben will, muss ich ihm meine geheimsten Wünsche und Sehnsüchte anvertrauen, und er macht daraus ein Gedicht. Also gut, dann verzieht euch, Mannschaft! Wenn ich das schon tun muss, dann wenigstens ohne dass ihr davon was mitkriegt."

Damit drückte er das Gesicht an die Borke der Buchbuche und begann leise zu murmeln – so leise, dass es sonst niemand hören konnte.

Wenige Augenblicke später flatterte eine Taube aus der Baumkrone herab und ließ sich auf einem Ast direkt über dem Kopf des Piraten nieder. Sie trug ein großes Blatt im Schnabel. Den Kopf zur Seite geneigt, hielt sie dem Käpt'n das Blatt hin.

Der Pirat streckte eine Hand aus und nahm das Blatt.

„Da stehen winzig kleine Wörter drauf!", rief er aus. „Na ja, nicht richtig drauf ... nicht so, als wären sie mit Tinte draufgeschrieben. Eher innen drin, als würden sie da drin wachsen."

„Das muss dann wohl dein Gedicht sein", sagte die Crew.

„Die Buchbuche ist wirklich voller Poesie. Könntest du uns die Verse bitte vorlesen, Käpt'n Schätzchen?"

„Da stehen meine geheimsten Sehnsüchte drin", erwiderte der Pirat, „und die werden auch schön geheim bleiben. Wir haben das Gedicht, und deswegen sind wir hergekommen. Wie es lautet, geht außer mir keinen was an." Damit schob er das Blatt sorgfältig in seinen Ärmel.

Nachdem sie ihre Botschaft abgeliefert hatte, flog die Taube wieder nach oben. Und ließ dabei einen riesigen feuchten Klecks fallen, der erst auf den Hut des Käpt'ns klatschte und von da weiter auf den Boden.

„Wenn ich eins nicht leiden kann, dann einen schmuddeligen Hut", grummelte der Pirat. Er stapfte stumm zum Wasser, nahm seinen Hut ab und tunkte ihn hinein.

BUMM! BUMM!

Ganz plötzlich tauchte die *Aasfresser* hinter dem größten der zerklüfteten Felsen auf, die aus den Wellen herausragten.

„Ich liebe es, mich heimlich an jemanden ranzuschleichen", prustete Barracuda Bill vom Deck seines Schiffes herüber. „Das macht solchen Spaß, wenn die anderen sich zu Tode erschrecken. Als ich euer Schiff da vorne vor Anker liegen sah, dachte ich, ihr könntet mir vielleicht helfen, eine Frage zu beantworten. Die Frage lautet: Habt ihr hier zufällig eine Kuh gesehen? NA?"

„Eine Kuh?", wiederholte der Käpt'n. „Nicht, dass ich wüsste."

„Wenn's euch wieder einfallen sollte, gebt mir Bescheid", sagte Barracuda Bill. „Hier geht irgendwas vor sich, von dem ich nichts weiß, und das gefällt mir gar nicht. Ach übrigens, was habt ihr eigentlich auf dieser Insel zu suchen?"

„Ich hab nur meinen Hut abgewaschen", erwiderte der Käpt'n.

Bill lachte dröhnend, und zwei Dutzend bulliger, bärtiger Piraten folgten seinem Beispiel.

„Abgewaschen? Hähä, ist ja auch ein guter Tag, um kleine Pflichten zu erledigen."

„So übel kommt er mir gar nicht vor", flüsterte die Crew Eddy zu.

PENG! Bill hatte eine Pistole aus seinem Gürtel gezogen und in die Luft gefeuert.

„Wer wann reden darf, bestimme immer noch ich, klar? Nächstes Mal ziele ich direkt auf dich", pflaumte er die Crew an. „So ein Zufall, wir sind heute auch mit Abwaschen und Aufräumen beschäftigt. Wir haben schon den Kielraum ausgeschöpft und die Decks geschrubbt, und jetzt wollten wir noch unseren Müll loswerden. Seid ihr bereit, Männer?"

„Aye, Skipper", riefen die bärtigen Piraten im Chor.

„Und eine Extraration Rum für denjenigen, der den Kerl mit dem schmuddeligen Hut trifft!"

Da holten die Piraten Steinschleudern aus ihren Taschen und Donnerbüchsen aus ihren Stiefeln, und schon eine Sekunde später flog eine Salve aus stinkigen Fischköpfen und Fischeingeweiden und einem einzelnen gelblich-schimmeligen Kohlkopf auf den Käpt'n zu.

Platsch!, landeten die Fischköpfe auf seiner blauen Jacke. Pflantsch!, klatschten die Fischeingeweide auf seine rot-weiß gestreifte Kniebundhose. Plönk!, prallte der Kohlkopf von seiner Schulter ab und flog weiter, wobei er Eddys Frisur nach zwei Seiten scheitelte.

„Das gibt dann wohl eine Extraration Rum für alle!", schrie Barracuda Bill.

Und sein grässliches Gelächter hallte genau wie das laute Bumm! Bumm! noch lange nach, als die *Aasfresser* sich unter vollen Segeln wieder von der Insel entfernte.

„Oje", sagte die Crew. „Ich schätze, jetzt müssen wir noch mehr waschen als nur deinen Hut, Käpt'n Schätzchen."

„Der Kerl ist die Pest", brummte der Käpt'n. „Er und seine ganze Mannschaft."

„Aber ich muss zugeben, dass sie erstaunlich gut zielen können", gab der Pinguin zu bedenken. „Ich hätte nie gedacht, dass sie dich auf die Entfernung so genau treffen würden."

Der Käpt'n streifte seine hohen Stiefel ab, schälte sich aus seiner blauen Jacke und zog schließlich seine gestreifte Kniebundhose aus.

„Wenn ich zwei weitere Sachen nicht leiden kann", sagte er und tauchte seine Kleider ins Wasser, „dann eine schmuddelige Jacke und schmuddelige Hosen. Aber während wir drauf warten, dass die Sachen trocknen, können wir ja noch eine Runde *Wie viele Affen* spielen."

„Das könnte aber schwierig werden", sagte Eddy und musterte den Käpt'n, der nur in langen Unterhosen und seinen mottenzerfressenen Socken am Ufer stand, von oben bis unten. „Im Moment hast du nicht mal irgendwelche Taschen, in die du die Affen stecken könntest." Insgeheim war Eddy erleichtert, dass ihm das alberne Spiel diesmal erspart blieb.

„Guter Einwand", sagte der Käpt'n. „Aber nächstes Mal gewinne ich, garantiert."

„Warum ist Barracuda Bill eigentlich so ätzend zu dir?", fragte Eddy.

„Der ist zu jedem ätzend. Und zwar einfach nur so, weil er von Natur aus ätzend ist. Er ist so fies wie ein Haufen Krokodile und so verrückt wie eine Biene, die in einer Flasche feststeckt. Ich hab mal gehört, auf einer Insel soll er den Einheimischen alles geklaut haben, was sie an Essbarem hatten, um seine Meute satt zu kriegen."

„Das ist fies", sagte Eddy.

„Und dann hat er die Einheimischen gezwungen, sich die Unterhosen über den Kopf zu ziehen und ab sofort nur noch rückwärts zu sprechen. Und er hat den Mittwoch von der Wochenliste gestrichen."

„Das ist verrückt", sagte die Crew.

„Dann wollen wir mal hoffen, dass wir ihn nie wieder zu Gesicht bekommen", sagte der Pinguin.

„Der hat die blöde Angewohnheit, immer wieder da aufzukreuzen, wo man ihn nicht erwartet und schon gar nicht erwünscht“, sagte der Käpt’n. „Was so ziemlich überall ist. Und wenn er Wind davon kriegt, dass wir Krummbarts Schatz auf der Spur sind, dann stecken wir erst recht in Schwierigkeiten.“

16. Kapitel

In dem es richtig geschmackvoll zugeht

„Lecker!“, sagte der Käpt’n. „Pralinen! Ich liebe Pralinen. Wie der gute Krummbart übrigens auch. Der war berühmt dafür, eine Schwäche für Süßkram zu haben.“

„Die Karte hat gesagt, wir sollen die Süßigkeiten einsammeln“, wandte Eddy ein. „Nicht essen.“

„Igitt“, sagte der Pinguin. „Was für ein klebriges, ekliges Zeug. Da ist mir ein Stück frischer Fisch tausendmal lieber.“

Es war inzwischen mehrere Stunden her, dass der Käpt’n der magischen Schatzkarte das Gedicht der Buchbuche gezeigt hatte – und die Karte ihnen im Gegenzug die nächste Aufgabe gestellt hatte.

Level drei: Reist zur Insel der Seltenen und Exotischen Köstlichkeiten und besorgt in Ploverdews Laden eine Schachtel der feinsten Pralinen.

Das Gedicht lag mittlerweile sicher verwahrt in der schmuddeligen Seemannstruhe, die in der Kapitänskajüte stand. Die *Knusperkeks* war im Hafen vor der Insel der Seltenen und Exotischen Köstlichkeiten vor Anker gegangen, und die vier Abenteurer standen am geschäftigen, wuseligen Kaiufer. Wohin sie auch blickten, überall wurden Kisten und Körbe und Schachteln von Schiffen herunter- oder auf Schiffe draufgeladen.

„Dann mal los“, sagte der Käpt'n. „Machen wir uns auf die Suche nach dem Pralinenladen.“

„Und am besten auch gleich nach einem Sockenladen“, fügte Eddy hinzu. „Ich glaube, ich hab meine zwischen den ganzen Büchern liegen lassen.“

Die Knusperkekser schoben sich zwischen Marktständen hindurch, an denen fremdartiges Obst und Gemüse angeboten wurde. Eddy sah einen riesigen Stapel Obstkisten, in denen winzige orangefarbene Beeren lagen, und daneben große Stauden Bananen – die allerdings leuchtend blau waren. Eine Frau hatte körbeweise heiße Küchlein im Angebot, die nach süßlichen Gewürzen dufteten. Eine andere Frau verkaufte einen Käfig voller ... na ja, Eddy hätte sie Enten genannt, wenn sie nicht so lange Schlappohren und große, federbesetzte Pfoten gehabt hätten. Was Eddy nicht sah, war, dass sich im nahe gelegenen Schatten eine überraschend normal aussehende Kuh versteckte.

„Das sind sie“, sagte die Kuh leise, während die Knusperkekser an ihr vorbeigingen. „Schön den Kopf gesenkt halten.“

„Mein Kopf ist längst unten“, grummelte der Magen. „Ich dachte eigentlich, diesmal dürfte ich endlich vorn stehen?“

„Am besten, wir fragen jemanden nach dem Weg“, sagte die Crew und wandte sich an einen Marktverkäufer, der einen langen gelben Mantel und eine juwelenbesetzte Augenklappe trug. „Entschuldigen Sie, können Sie uns vielleicht helfen? Wir sind auf der Suche nach Pralinen."

„Pralinen? Hab ich nicht", erwiderte der Mann. „Aber ich hab wunderschöne Halsketten aus Hühnerzähnen." Er schlug seinen Mantel auf und gab den Blick auf ein Dutzend Kettenstränge aus blitzend weißen Zahnzacken frei, die von seinem Hals herabbaumelten.

„Wirklich sehr hübsch", sagte die Crew. „Aber wir müssen Ploverdews Süßigkeitenladen finden."

Schulterzuckend zeigte der Mann auf eine Straßeneinmündung. „Da lang."

„Vielen Dank“, sagte die Crew.

Eddy schielte in die schmale Gasse, die auf beiden Seiten von bunt gestrichenen Gebäuden gesäumt wurde.

„Ich kann das Schild auch sehen“, sagte er. „*Ploverdew.* Ganz hinten links. Na los!“

„Geht ihr drei schon mal vor“, sagte der Pinguin. „Ich komm dann gleich nach. Hab hier was entdeckt, was viel besser ist als Süßigkeiten.“

Er starrte auf ein riesiges Wasserbecken, das in einer Schaufensterauslage stand. Winzige farbige Blitze schossen zwischen den wabernden Wasserpflanzen hin und her. Eindeutig Fische – aber von einer Sorte, wie der Pinguin sie noch nie gesehen hatte: Sie waren grellbunt wie die Farben in einem Tuschekasten.

„Huiii!“, rief er aus. „Was für ein köstlicher Anblick!“

Eddy erreichte den Süßigkeitenladen als Erster. Er spähte durch die staubbedeckte Schaufensterscheibe auf ein Schild, das versprach: *Probieren Sie unsere Leckereien, und Sie werden nie wieder woanders hinwollen.* Der Verkaufsraum war vom Boden bis zur Decke mit dunklen Holzborden ausgestattet, auf denen dicht an dicht durchsichtige Gläser standen, Dutzende und Aberdutzende davon. Jedes Glas leuchtete in einer anderen Farbe – orange und ocker und scharlachrot und grün und schwarz-weiß gestreift und rosa-lila gekringelt schimmerte es in den öden Raum hinein.

„Wer zuerst drin ist, darf sich als Erster was aussuchen“,

sagte Eddy. „Aber ich glaube sowieso, dass ich mehr über Süßigkeiten weiß als ihr beide zusammen.“

Ein Glöckchen bimmelte, als sie die Tür aufstießen und das Geschäft betraten. Schritte tapsten eine Treppe hoch, dann tauchte über dem Rand des Verkaufstresens ein Kopf auf.

„Wie kann ich Ihnen behilflich sein, werte Herrschaften?“ Der Ladenbesitzer hatte eine kleine, dünne Stimme, die perfekt zu seinem kleinen, dünnen Körper und seinem kleinen, dünnen Kopf passte. Über seinem kleinen, dünnen Mund ragte eine kleine, dünne Nase hervor, auf der eine riesenhafte Brille thronte.

„Wir möchten bitte Süßigkeiten kaufen“, sagte Eddy.

„Die Schöpfungen dieses Ladens einfach als ‚Süßigkeiten‘ zu bezeichnen ist genau so, als würde man ein herausragendes Gemälde als ‚etwas Hingepinseltes‘ oder eine überwältigende Symphonie als ‚ein paar Musiknoten‘ bezeichnen“, näselte der Ladenbesitzer. „Wir verkaufen nicht einfach irgendwelche ‚Süßigkeiten‘. Ich bin Lanceling Ploverdew, und ich kann mit Stolz behaupten, dass wir hier die exquisitesten Köstlichkeiten weit und breit führen. Jedes unserer Produkte ist ein perfekt abgestimmter Leckerbissen, ein mundwässrigmachendes, geschmacksknospenumschmeichelndes Meisterwerk.“

„Die Auswahl ist so groß“, sagte Eddy. „Ich weiß gar nicht, wo ich anfangen soll.“

„Ich hatte schon immer was für Weingummis übrig“, sagte die Crew.

„Vielleicht dürfte ich die Dame dann mit unserer Jahrgangs-Auslese verlocken?“, sagte Ploverdew. „Wir verwenden dafür nur die erlesensten Weine der erlesensten Jahrgänge, die in unseren Kellern reifen, bis sie den Gipfel ihrer Qualität erreicht haben, und dann ... Aber wozu so viele Worte vergeuden, probieren Sie doch einfach je ein Stück, bevor Sie sich zum Kauf entschließen.“ Er schraubte den Deckel eines Glases ab, griff mit einer Hand, die in einem weißen Baumwollhandschuh steckte, hinein und reichte der Crew ein zuckeriges, purpurrotes Weingummischmuckstück.

„Vielen Dank“, sagte sie und steckte es sich in den Mund. „Hmmm, das schmeckt wirklich ... hmmm ...“ Dann schmatzte sie nur noch wohlig vor sich hin.

„Sie werden darin neben dem Brombeergeschmack sicherlich auch die Aromen von Zedernholz und Zimt entdecken, dazu einen Hauch sonnenverbrannten Leders. Sie werden mir bestimmt recht geben, dass andere Weingummis im Vergleich zu dieser Genussexplosion wie ein Mundvoll Schafsköttelmatsche schmecken – mitsamt Schaf.“

„Mmmmmmmmm.“ Die Crew nickte unter anerkennendem Gebrummel. „Wrrrkkllii sssrrrrr guuuuu!"

„Ganz genau.“ Lanceling Ploverdew wandte sich lächelnd an den Käpt'n. „Aus Ihrem Erscheinungsbild und dem Sie umgebenden Duft von totem Fisch schlussfolgere ich, dass Sie ein nautischer Abenteurer sein dürften? Ach übrigens, wussten Sie schon, dass Sie auf der Schulter eine Karotte spazieren führen?“

Dann holte er aus einem anderen Glas eine dunkelbraune Perle hervor.

„Ein Juwel aus weit entfernten Landen. Kakaobohnen, die von einem einzigartigen Volksstamm des Dschungels kultiviert werden. Dazu antiker Rum, der aus dem Wrack einer im Sturm gesunkenen Galeone geborgen wurde. Außerdem ein Hauch Muskatnuss aus den Wäldern einer unbewohnten Insel vulkanischen Ursprungs – Osthang, knapp unterhalb des Wasserfalls, wo die Muskatpflanzen von der frühmorgendlichen Sonne zu besonderer Reife liebkost werden. Und all dies in wunderbarer Harmonie zu unseren opulenten, samtweich zerschmelzenden Trüffeln vereint."

„Eine Praline", schwärmte der Käpt'n, stopfte sich die Schokolade in den Mund und kaute darauf herum. Ein Ausdruck verträumter Überraschung huschte über sein Gesicht, seine Kieferbewegungen verlangsamten sich, und er fing an, den köstlichen Leckerbissen genüsslich mit der Zunge zu umrunden.

„Und für Sie, junger Mann? Ein Brausepulverbrunnen vielleicht?" Ploverdew holte ein grellbuntes Papprohr aus einem Schrank heraus, stellte es aufrecht auf Eddys Handfläche und riss oben eine kleine Papierlasche auf. Sofort schoss eine Wolke orangefarbenen Puders in die Luft, die Eddy in seiner Verblüffung komplett verpasste. Aber er schaffte es, die Zunge gerade noch rechtzeitig auszustrecken, um einen darauffolgenden grünen Strahl aufzufangen, der seine Geschmacksknospen mit einem knisternden Limettenaroma überzog. Als Nächstes folgte gelbe Ananas, dann knallrote Erdbeere, und jede Fruchtsorte schmeckte intensiver als jegliches Obst, das er in seinem Leben je gekostet hatte.

„Wow!", kicherte Eddy. Er legte sich rücklings auf den Boden und ließ sich von dem Brausepulverbrunnen beregnen, von den sprudelnden Mandarinen-, Trauben- und Heidelbeer-Aromen, die sich eines nach dem anderen in seinen Mund ergossen.

Wenn Feuerwerk Geschmack hätte, dachte Eddy. Ich meine, wenn Geschmack sich in Feuerwerk verwandeln würde ... Doch dann verpuffte der Brunnen mit einem letzten Pfirsich-Brausepulverregen und fiel in sich zusammen, und in Eddys Kopf hatte nur noch der Gedanke Platz, dass er vorher wohl noch nie etwas so vollkommen ... vollkommen Vollkommenes geschmeckt hatte.

„Das war sehr ...", sagte die Crew. „Sehr, sehr, sehr, sehr."

„Mmmmmm", gab der Käpt'n ihr schmatzend recht. „So eindeutig wie ein Fisch Flossen hat. Ich möchte noch eins."

„Ich auch", sagte die Crew.

„Ich auch", sagte Eddy.

„Aber selbstverständlich", sagte Lanceling Ploverdew. „Das war der Vorgeschmack vor dem Kauf. Und jetzt folgt der Kauf nach dem Vorgeschmack. Ich nehme doch an, Sie haben Geld dabei?"

„Oh", sagte Eddy. „Ich hab meins komplett für den Kauf einer schmuddeligen alten Seemannstruhe ausgegeben."

„Oh“, sagte die Crew. „Meine drei Dublonen sind im Souvenirshop auf der Verlassenen Blumeninsel draufgegangen.“

„Das hier sind unsere ganzen Reisemittel“, sagte der Käpt'n, holte einen Lederbeutel aus seiner Tasche und kippte ihn auf dem Tresen aus. „Drei Goldstücke, fünf Dublonen, sechs Dukaten, eine Handvoll Silber und ... oh, was ist das denn?“

„Sieht aus wie ein Cocoschokocrispy“, sagte Eddy. „Wie ist der denn da reingeraten?“

„Das grenzt geradezu an Selbstausbeutung“, sagte Ploverdew. „Aber da ich Sie allesamt sympathisch finde, werde ich mich damit wohl zufriedengeben.“

„Sie meinen, Sie wollen alles haben?!“, rief der Käpt'n aus.

„Oh ja“, erwiderte der Ladenbesitzer. „Bis auf den Cocoschokocrispy natürlich. Was für ein eklig klebriges Stinkeding. Igitt.“ Er ließ seine Faust herabsausen und zermalmte es.

„Für drei Süßigkeiten?“, hakte der Käpt'n noch einmal nach.

„Kakao aus dem Dschungel, erlesene Weine und antiker Rum haben nun mal ihren Preis. Ganz zu schweigen von dem Genie, das hinter dem explodierenden Brausepulverbrunnen steckt – meinem Genie, nebenbei erwähnt. Einzigartige, kostbare Inspiration. Aber wenn Sie nicht wollen ...“

„Aber ja doch, wir wollen. Wir wollen!“, riefen die drei Abenteurer im Chor.

„Selbstverständlich wollen Sie.“ Ploverdew fegte die Münzen in eine Schublade und die Überbleibsel des Cocoschokocrispys in den Mülleimer. Dann nahm er ein silbernes Tablett und arrangierte ein Weingummi, eine Trüffelpraline und einen Brausepulverbrunnen darauf. Gierig stürzten sich seine Kunden auf die Süßigkeiten, kauten und saugten und schmatzten genüsslich.

Diesmal war Eddy vorbereitet und beugte sich mit offenem Mund über den Brunnen, um bloß kein Körnchen des köstlichen Pulvers zu verpassen. Und wieder war er von der fruchtigen, kribbelnden Geschmacksexplosion überwältigt – und enttäuscht, als das Papprohr nach dem letzten Pfirsichregen in sich zusammenfiel.

Dann verebbte die Fruchtigkeit auf seiner Zunge, und das Kribbeln verschwand.

Auf einmal fühlte Eddy sich schrecklich leer. Die ganze Welt erschien ihm plötzlich grau und trübe. Es gab nur eins, was ihm wieder das Gefühl verleihen konnte, lebendig – wirklich lebendig – zu sein.

Er brauchte noch einen Brausepulverbrunnen.

Er musste noch einen haben.

Er

Musste

Noch

Einen

Haben.

17. Kapitel

In dem es noch einen gibt

„Ich muss noch einen haben“, sagte Eddy.

„Ich muss noch einen haben“, sagte der Käpt’n.

„Ich muss noch einen haben“, sagte die Crew.

„Ich weiß“, sagte Lanceling Ploverdew. „Haben Sie noch einen Geldbeutel?“

„Sie haben schon alles bekommen, was wir hatten“, antwortete der Käpt’n.

„Jammerschade“, sagte Ploverdew. Und zog ein schweres Metallgitter vor die Regale, in denen die Gläser mit den Weingummis standen.

„Nein!“, rief die Crew und brach in Tränen aus.

„Doch“, sagte Ploverdew und schloss den Schrank mit den Brausepulverbrunnen ab.

„Noch einen!“, rief Eddy und versuchte über den Tresen zu klettern.

„Allerdings“, fuhr Ploverdew fort, „besteht auch immer die Möglichkeit, dass Sie für mich arbeiten. Ich würde Sie dann in Süßigkeiten bezahlen. Natürlich nur, wenn Sie

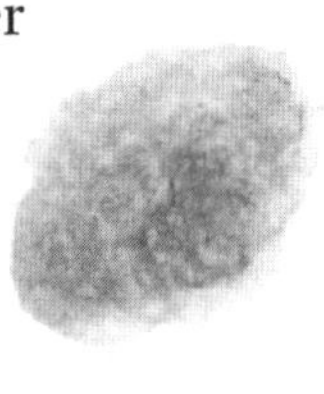

nicht gerade woandershin unterwegs sind." Er lächelte hinterhältig.

„Wer könnte so dämlich sein, woandershin zu wollen, wenn es hier so unfassbar köstliche Süßigkeiten gibt?", sagte der Käpt'n.

„Wir würden sehr gern für Sie arbeiten", sagte Eddy.

„Weingummi!", stöhnte die Crew.

Lanceling Ploverdew öffnete eine Tür hinter dem Tresen und bat seine Kundschaft hindurch. Sie stiegen über eine wacklige Holztreppe in einen feuchtkalten Keller hinab. Hier wimmelte es nur so von verdrehten Glaszylindern, in denen dicke bunte Flüssigkeiten blubberten, und seltsam geformten Gläsern, in denen regenbogenfarbige Wolken wabernder Gase eingeschlossen waren.

„Also", sagte Ploverdew. „Wer möchte jetzt noch einen?"

Noch nie im Leben hatte Eddy so dringend etwas gebraucht.

„Ich!", schrie er. „Ich! ICH! ICH!!" Der Käpt'n und die Crew fielen gleich mit ein.

„Und was würden Sie tun, um sich einen zu verdienen?", fragte Ploverdew.

„Alles!"

„Das wollte ich hören. Dann fangen Sie mit dem Block Schokolade da drüben an. Er muss in dem Bottich geschmolzen werden. Sobald die Schokolade anfängt, weich zu werden, immer weiterrühren, ohne Unterlass."

Die drei Knusperkekser stießen einander aus dem Weg, um als Erster an den riesigen Holzlöffel zu gelangen.

„Ich bin so froh, dass Sie gerade vorbeigekommen sind", sagte Ploverdew. „Meine letzten Helfer haben sich mächtig überarbeitet, die Armen. Sie waren so erpicht auf ihre Belohnung, dass sie sich doch tatsächlich zu Tode gearbeitet haben."

Er lachte ein leises, boshaftes Lachen. Ein Lachen, das so eisig war, dass es sogar einen Vulkan eingefroren hätte. Ein Lachen, das ihn beinahe daran hinderte, das Bimmeln der Türglocke oben im Laden zu hören.

Aber nur beinahe.

„Verflucht", fluchte Lanceling Ploverdew. „Ich hasse es, unterbrochen zu werden. Aber nun gut, noch mehr Kundschaft ist auch nicht zu verachten. Und wo Arbeit genug ist für drei, wird auch Arbeit genug sein für den Vierten." Damit wandte er sich zur Treppe. „Dann wollen wir mal sehen, wer uns gleich Gesellschaft leistet."

Der Pinguin hatte keine besonders gute Laune. Zuerst hatte er feststellen müssen, dass er die kleinen Fische nicht fressen durfte – was ihm der Besitzer der Fische mithilfe einer großen, schmerzhaften Fliegenklatsche erklärt hatte. Und nun kam er zum Süßwarenladen und keine Spur von seinen Schiffskameraden!

„Hätten die nicht wenigstens auf mich warten können?", brummte er. „Wenn ich eins nicht leiden kann, dann Ungeduld. Und wie lange muss man hier eigentlich rumstehen, bevor man endlich bedient wird?“

„Kann ich Ihnen behilflich sein, der Herr?“ Ploverdew schlüpfte durch die Tür hinter dem Tresen.

„Wird auch Zeit“, grummelte der Pinguin. „Ich bin auf der Suche nach den drei Leuten, die vor ein paar Minuten hier reingekommen sind. Ein haariger Kerl mit einer Karotte auf der Schulter, eine alte Dame und ein Junge.“

„Sie waren hier. Aber sie sind inzwischen wieder gegangen.“

„Ohne mich“, sagte der Pinguin. „Na, entzückend.“

„Ja, wirklich ärgerlich. Darf ich Ihnen vielleicht etwas anbieten, um Ihre Laune ein bisschen zu heben?“

„Da hätte ich nichts gegen“, sagte der Pinguin.

„Wie ich sehe, kommt der Herr eher aus eisigen Landen, vielleicht wäre da ein Andenken an kühlere Zeiten angebracht.“ Ploverdew legte ein schneeweißes Bällchen vor den Pinguin. „Eine knisternde Mixtur aus arktischen Moltebeeren und aus Rentiermilch hergestellter weißer Schokolade. Sollten Sie jemals Rentiermilch probiert haben, werden Sie sicher wissen, was diese Köstlichkeit so besonders macht.“

„Haben Sie nichts mit Fisch?“, fragte der Pinguin.

„Fisch?“

„Ja, Sie wissen schon, diese kleinen silbrigen Schwimmdinger.“

„Ich weiß, was Fische sind. Kleine schleimige, schlüpfrige, schuppige ... uärgs!“

„Sagt der Mann mit der Rentiermilch. Was könnte denn köstlicher sein als ein paar hübsche Schellfisch-Eclairs? Makrelen-Marshmallows? Shrimp-Schokocrossys?"

„Schauderhaft!"

„Mir läuft schon beim Gedanken daran das Wasser im Schnabel zusammen."

„Sabbern Sie meinen Fußboden nicht voll, Sie gefiederter Freak!"

„Wen haben Sie da gerade einen gefiederten Freak genannt?"

„Hm, Augenblick ... Tja, ich sehe außer Ihnen niemanden mit Federn hier, also müssen Sie wohl Mister Freaky sein."

Das war zu viel für den Pinguin. Ploverdew war zu weit gegangen.

„Jetzt hören Sie mir mal zu, Mister Süßlicher Atem ..."

„Ja?"

„Ich meine ..." Wieso fiel ihm denn auf einmal nichts ein? Er brauchte dringend einen Schnabel voll deftiger Beleidigungen, um diesen Zuckerwasserheini in seine Schranken zu weisen. Aber er wusste beim besten Willen nicht, was er sagen sollte. Nun gut, andererseits hieß es doch immer, eine Tat sage mehr als tausend Worte. Also schnaubte er einmal lautstark, dann senkte er den Kopf, stürzte sich auf Ploverdew und bohrte seinen Schnabel in dessen mageres Bein.

„AUUUUUUUUUU!"

Ineinander verkeilt flogen die beiden durch die Tür hinter dem Tresen. Der Ladeninhaber wurde oben gegen das Treppengeländer geschleudert, kippte rücklings darüber und verharrte für den Bruchteil einer Sekunde in der Luft. Verzweifelt fuchtelte er Halt suchend mit den Armen – aber seine Finger griffen ins Leere. Mit einem grässlichen Kreischen stürzte er ab, tiefer und immer tiefer, bis er schließlich mit einem lauten FLAAAATSCH! mitten im Kessel mit der inzwischen geschmolzenen Schokoladenmasse landete.

„Jetzt hab ich's ihm aber gegeben! Endlich hat das Geschrei ein Ende", sagte der Pinguin und grinste zufrieden.

Aber er irrte sich. Ploverdew hob den mit Schokolade überzogenen Kopf aus dem Kessel.

„Eine Süßigkeit für denjenigen, der diesem penetranten Pinguin den Garaus macht!", brüllte er.

Sofort tauchten drei Schatten aus den düsteren Tiefen des Kellers auf. Als sie die Stufen hochkamen, erkannte der Pinguin sie wieder. Was hatten der Käpt'n, Eddy und die Crew bloß da unten zu suchen?

„Ui! Ihr seid das! Na, dann schnappt euch ein paar Süßigkeiten und dann nix wie raus aus diesem Saftladen!"

Aber die drei kamen nur langsam, Stufe für Stufe, auf ihn zu. Sie sprachen miteinander, aber so leise, dass er sie nicht verstehen konnte.

„Redet doch mal lauter, ich kann euch nicht hören", sagte der Pinguin.

Und dann, als sie immer näher kamen, hörte er sie laut und deutlich. Jedes Wort.

„Schnappt euch den Pingwing“, sagte der Käpt’n.

„Hey, was soll das, Leute?“, fragte der Vogel. „Was habt ihr vor?“

„Brausepulver“, raunte Eddy.

„Schokolade“, sagte der Käpt’n.

„Weingummi“, sagte die Crew.

„Ihr wollt mir nur wegen Süßigkeiten den Garaus machen?“, fragte der Pinguin.

„Keine Einwände“, sagte die Crew.

Sie waren fast bei ihm. Natürlich hätte der Pinguin weglaufen können, aber er wusste, dass die drei wesentlich schneller liefen, als er watscheln konnte. Genauer gesagt hätten sie sogar gemächlich spazieren gehen, dabei die Landschaft bewundern und zwischendurch eine Teepause einlegen können und wären immer noch schneller gewesen als er mit seinem Gewatschel.

„Leute“, sagte er mit zittriger Stimme. „Ich bin’s doch, euer Schiffskamerad. Denkt mal an die schöne Zeit, die wir zusammen hatten, zum Beispiel ... okay ... also an die schöne Zeit halt. Ihr würdet mir doch nicht wirklich was antun, oder?“

„Pingwing kriegen heißt Schokolade kriegen“, sagte der Käpt’n.

Der Pinguin wich Richtung Tür zurück.

„Ihr seid doch alle verrückt! Aufwachen!“, schrie er.

„Brausepulver“, sagte Eddy.

„Könnt ihr denn an nichts anderes mehr denken als an Süßkram?“

„Lecker!“, sagte die Crew. „Schnappt euch den Pinguin.“

Der Pinguin wich noch einen Schritt zurück – und stand plötzlich mit dem Rücken vor der geschlossenen Tür. Er saß in der Falle.

Und immer noch kamen die drei auf ihn zu, mit böse funkelnden Augen und böse grummelnden Mägen, die Hände weit nach vorn gereckt und nur eines im Sinn ...

„SCHNAPPT EUCH DEN PINGUIN!"

18. Kapitel

In dem es eine grüne, klebrige Situation durchzustehen gilt

„Na, entzückend“, sagte der Pinguin. „So soll also mein Ende aussehen? Und das alles nur, weil ihr nur noch mit den Bauch denken könnt und nicht mehr mit eurem Kopf?“

Bauch?

Kopf?

Woran erinnerte ihn das nur? Hatte er nicht schon mal so was Ähnliches gehört?

Er versuchte sich wegzuducken, als die Arme nach ihm griffen, aber vergebens. Sechs Hände zogen an seinen Federn, zerrten an seinen Flossen, kniffen ihn in seinen ... autsch! Und dann fiel es ihm plötzlich wieder ein. In der Nacht auf dem Schiff, als es nichts zu essen gegeben hatte, da hatte die Crew etwas gesagt: dass ihr Gehirn intelligenter war als ihr Bauch. Vielleicht würde der Trick ja diesmal auch wieder funktionieren, um seine drei Kameraden aus ihrem Süßkramrausch zu befreien. Der Pinguin holte tief Luft und schmetterte, so laut er konnte, los:

„Wir machten ein Piratenpicknick,
um den **Hunger** zu vergessen.
Und bei dem Piratenpicknick,
was mussten wir da essen?
Sellerie!"

Plötzlich glaubte er in Eddys Augen ein schwaches Blitzen zu erkennen. Und dann eine winzige Bewegung seiner Lippen.

„Sellerie!“, rief der Pinguin. „Großer, dicker, grüner, klebriger, holziger Staudensellerie!“

Eddys Nasenflügel bebten. Es war, als würde er den Sellerie riechen.

„Sllriiii“, murmelte er.

Er konnte ihn beinahe schmecken.

„Selllriii.“

Es schmeckte ekelhaft.

„Sellerie.“

Komisch, dachte Eddy. Er hätte schwören können, dass er bis eben noch was ganz anderes im Kopf gehabt hatte. Was ganz und gar Un-Sellerie-Mäßiges.

Na ja, wenn's was Wichtiges war, würde es ihm sicher wieder einfallen. Genau wie die Antwort auf die Frage, wo in aller Welt er sich gerade befand. Und was in aller Welt er da gerade machte.

„Hallo, Pinguin", sagte er. „Was tust du denn da?"

„Ich versuch euch drei davon abzuhalten, meiner vielversprechenden Karriere im Showbusiness ein vorschnelles Ende zu setzen!", antwortete der Vogel.

„Verstehe", sagte Eddy, obwohl er kein Wort verstand. „Wo sind wir hier eigentlich?"

„Pingwing, was ist denn hier los?", fragte der Käpt'n.

„Hast du Sellerie dabei?", fragte die Crew.

„Schön, euch alle wiederzuhaben", sagte der Pinguin.

„Wieso, waren wir weg?", fragte Eddy.

„Ja, allerdings", sagte der Pinguin. „Was zum Henker habt ihr euch bloß dabei gedacht?"

Aber bevor jemand seine Frage beantworten konnte – besser gesagt, bevor jemand sagen konnte, dass sie kein Wort verstanden, weil sie sich an nichts erinnern konnten –, wurden sie von einer Stimme unterbrochen, die aus dem Keller zu ihnen hinaufdrang. Einer wütenden Stimme. Der Stimme von jemandem, der in einem Kessel voller Schokolade steckte.

„Ihr miesen Möchtegern-Piraten!"

Die vier starrten über das Geländer zu ihm hinunter. Langsam erhob sich die klebrig triefende Gestalt aus den zähbraunen Fluten.

„Wer ist das denn?", fragte Eddy.

„Das ist Ploverdew“, antwortete der Pinguin. „Und bevor ihr fragt – ja, wir befinden uns im Hinterzimmer seines Süßigkeitenladens, nein, er ist absolut nicht glücklich, ja, ich hab ihn geschubst, nein, es war kein Versehen, und ja, ich finde, wir sollten jetzt schnell von hier verschwinden.“

„Nicht so eilig!“, rief Ploverdew. Seine Kleidung war so mit Schokolade vollgesogen, dass sie unfassbar schwer war. Aber unter Einsatz all seiner Kräfte hievte er sich stöhnend und ächzend aus dem Kessel heraus und ließ sich auf den Kellerboden fallen. Geschmolzene Schokolade triefte aus seinen Klamotten und bildete Pfützen um ihn herum.

„Mich kriegt ihr nicht klein! Seht ihr diesen Hebel? Den brauche ich nur umzulegen und – KA-BLAMMMOO!“

„KA-BLAMMMOO!?“, sagte der Käpt'n. „Was ist denn KA-BLAMMMOO!?“

„Das werdet ihr gleich herausfinden“, schnaubte Ploverdew. „Nehmt schon mal Abschied!“

Damit griff er nach dem grellroten Hebel, der vor ihm aus der Mauer ragte. Eddy sah, wie Ploverdew ihn nach unten zu drücken begann. Doch auf einmal verlangsamte sich seine Bewegung zu Zeitlupentempo – dann zu noch zeitlupigerem Tempo – und dann zu so megazeitlupigem Tempo, dass dagegen selbst die langsamste Schnecke wie ein Supersprinter gewirkt hätte. Und dann erstarb die Bewegung vollständig.

Die warme Schokolade, mit der sich Ploverdews Kleider vollgesogen hatten, bedeckte auch jeden Quadratmillimeter seiner

Haut. Selbst die Haare standen ihm wie winzige Schokozapfen vom Kopf ab. Doch jetzt, im eiskalten Keller, kühlte sie langsam ab. Und beim Erkalten erstarrte sie auch. Und plötzlich steckte der exquisiteste und bösartigste Süßwarenerzeuger der Welt in einem dicken Schokoladenpanzer fest. In einem unbeschreiblich köstlichen und unbeschreiblich undurchdringlichen, ihm auf den Leib geschneiderten Ein-Mann-Gefängnis.

„Iiii aaaaa oiiiiii!", jaulte er zwischen den steifen Lippen hindurch.

„Sollten wir ihm nicht helfen?", fragte Eddy.

„Ganz bestimmt nicht", erwiderte der Pinguin.

„Aber von allein kommt er da vielleicht nie wieder raus."

„Glaube ich weniger. Schau doch mal."

Und da sahen sie, wie Ploverdew seine rosa Zunge zwischen den Zähnen durchzwängte und sich den schokoladenverkrusteten Mund abzulecken begann.

„Aber bis er sich da rausgeknabbert hat, sind wir längst über alle Schneeberge", sagte der Pinguin. „Na los, Bewegung!"

„Augenblick noch", sagte der Käpt'n. „Ich hätte große Lust, den Hebel zu drücken und zu sehen, was KA-BLAMMMOO! bedeutet. Geht's euch auch so?"

„Nein, nur dir." Der Pinguin drängte die anderen durch die Tür in den Verkaufsraum zurück. „Jetzt schnappen wir uns die Pralinen und dann los."

Die Crew griff sich eine große lilafarbene Pralinenschachtel vom Tresen.

„Die sehen aber lecker aus“, sagte sie. „Möchte jemand probieren?“

„Ihr müsst mir versprechen“, ging der Pinguin dazwischen, „dass ihr nie, nie, niemals wieder was von den Süßigkeiten in diesem Laden probiert!“

„Aber warum denn nicht?“, fragte die Crew. „Was wäre so schlimm daran?“

„Ihr könnt euch echt nicht mehr dran erinnern, was hier passiert ist, stimmt's?“, fragte der Pinguin.

„Nein, kein Stück“, erwiderte Eddy.

„Ich erzähl euch alles, wenn wir wieder auf dem Schiff sind“, versprach der Vogel. Das Türglöckchen bimmelte, als sie das Geschäft verließen und auf die Straße hinaustraten. „Das ist eine faszinierende Geschichte über einen unglaublich tapferen und heldenhaften Pinguin.“

Doch bis zur Geschichte würde es noch etwas dauern – denn was sie draußen erwartete, ließ dem Pinguin jedes Wort im Schnabel gefrieren.

19. Kapitel

Wird gesprochen rückwärts dem in

Der Markt der Seltenen und Exotischen Köstlichkeiten war komplett verwüstet worden. Er sah aus, als wäre eine Herde wild gewordener Büffel hindurchgetrampelt. Eine Herde wild gewordener Büffel an Bord von Dampfwalzen.

Die Stände waren buchstäblich auf den Kopf gestellt worden, die Waren nach allen Seiten verstreut und auf dem kopfsteingepflasterten Kaiufer kaputt getreten. Winzige orangefarbene Beeren und grellblaue Bananen bildeten dickflüssige Pfützen. Schlappohrige Enten watschelten auf gefiederten Pfoten umher und pickten nach süßen Gewürzkuchenkrümeln. Und überall kauerten die Standbesitzer geduckt und stumm am Boden, die Unterhosen über den Kopf gestülpt.

„Was ist denn hier passiert?", fragte die Crew.

„Du meinst wohl eher, *wer* ist hier passiert?", sagte der Käpt'n. „Hört doch mal!"

Vom Meer drang schwach, aber unmissverständlich das Bumm! Bumm! der *Aasfresser* herüber, die schon wieder unterwegs war, um jemand anderem den Tag zu vermiesen.

Eddy erkannte den Mann mit dem langen gelben Mantel wieder – obwohl sein Gesicht beim letzten Mal nicht unter einer violetten Unterhose versteckt gewesen war.

„Geht's Ihnen gut?", fragte Eddy.

„Durchgetrampelt hier Büffel gewordener wild Horde eine wäre als", antwortete der Mann halb schluchzend. „Grobian grässlichen brüllenden schaurig einem von angeführt."

„Der euch dann befohlen hat, euch die Unterwäsche über den Kopf zu ziehen und rückwärts zu sprechen?"

„Wochentag liebster mein war Mittwoch der", fügte der Mann traurig hinzu.

„Ist schon gut", sagte Eddy. „Die sind jetzt weg."

„Sicher du bist?", fragte der Mann.

„Ganz sicher", beruhigte ihn Eddy.

Da zog sich der Mann die Unterhose vom Kopf, blinzelte gegen das Sonnenlicht an und fing an, die grellweißen Hühnerzähne einzusammeln, die um ihn herum verstreut lagen.

„Er hat gefragt, ob wir eine Kuh gesehen hätten", berichtete er.

„Schon wieder diese Kuh", sagte der Käpt'n. „Und, habt ihr sie gesehen?"

„Ja, es ist schon ein bisschen her. Aber als die hier waren, war sie schon wieder weg. Und als er sie nicht finden konnte, wurde er richtig wütend."

„Ich wüsste zu gern, was es mit dieser Kuh auf sich hat", sagte der Käpt'n. „Aber eins ist sicher, wenn Barracuda Bill richtig wütend wird, ist er noch gefährlicher als sonst. Wollen wir hoffen, dass wir ihm in Zukunft nicht mehr über den Weg laufen."

„... und dann seid ihr aufgewacht und hattet keine Ahnung, was da passiert ist", beendete der Pinguin seine Geschichte, als alle wieder sicher an Bord der *Knusperkeks* waren.

„Wenn du nicht gewesen wärst", sagte Eddy, „wären wir also immer noch in dem Keller da gefangen."

„Du bist unser Held des Tages", fügte die Crew hinzu.

„Das hör ich gern", sagte der Pinguin. „Ich glaube, jetzt habe ich die perfekte Rolle für mich gefunden – der tapfere, gut aussehende Held. Der Wahnsinnstyp, dem alle für ihre Rettung danken."

„Danke, Pingwing", sagte der Käpt'n.

„Ach, nicht der Rede wert", wehrte der Vogel ab. „Na ja, in Wahrheit ist es natürlich schon der Rede wert. Ihr dürft es gern immer wieder erwähnen, so oft ihr wollt. Oder so oft ich will. Wisst ihr, das ist nämlich das erste Mal, dass ich mal Anerkennung bekomme. So fühlt es sich also an, wenn man glücklich ist."

„Soll das heißen, du warst in deinem Leben vorher noch nie glücklich?", hakte die Crew nach.

„Na ja, es hat da mal einen Donnerstag gegeben", erzählte der Pinguin. „Da ist einer unserer Pfleger im Ocean Park auf einem liegen gebliebenen Hering ausgerutscht und hingefallen.

Wir haben uns alle auf ihn draufgesetzt. Das war das Tollste, was ich je erlebt habe. Aber wo wir gerade von Hering sprechen – ich geh mal Abendessen besorgen." Damit ließ er sich über die Reling ins Wasser gleiten.

Die Crew holte die Pralinenschachtel aus ihrem Rucksack.

„So, den dritten Gegenstand hätten wir damit auch erfolgreich eingesammelt", sagte sie.

„Laut Karte müssten wir vier Sachen einsammeln, bevor wir würdig sind, den Preis zu bekommen", sagte Eddy. „Also fehlt uns nur noch eine."

„Dann wollen wir der Karte mal die Pralinen bringen und erfahren, worin unsere letzte Aufgabe besteht", sagte der Käpt'n. „Und dann kommt die Schokolade an einen sicheren Ort."

Die Crew holte zwei Vorhängeschlösser aus ihrem Rucksack. „Die können wir in unsere Truhe sperren, Käpt'n Schätzchen. Wenn du einen Schlüssel hast und ich einen, dann kann keiner von uns sie allein aufbrechen, wenn wir wieder in Versuchung geraten sollten."

„Wie schaffst du es nur, auf alles immer so gut vorbereitet zu sein?", fragte Eddy.

„Alles eine Frage der Erfahrung", erwiderte die Crew. „Ich hab ein Leben voller Erfahrungen hinter mir."

„Ich wünschte, meine Großmutter wäre ein bisschen mehr wie du. Sie hat auch ein Leben voller Erfahrungen hinter sich, aber bei ihr ist es so, als hätten die Erfahrungen sie einfach nur erschöpft und verwirrt."

„Auf welche Art man alt wird, kann man sich leider nicht aussuchen. Ich hab einfach nur Glück, dass ich das alles noch machen kann. Wobei ich, ehrlich gesagt, kaum was erlebt habe, bevor ihr mir über den Weg gelaufen seid und mich mit auf euer Abenteuer genommen habt."

Die Wirkung der Pralinen auf die Karte wurde augenblicklich sichtbar. Eddy las die neue Botschaft vor, die erschien.

„Diesmal geht's um einen echten Schatz!", rief er aus. „Da steht: *Level vier: die Insel der Angst. Holt einen Rubinring aus dem Kaiserpalast.*"

„Rubine waren schon immer Krummbarts Lieblingsjuwe-

len“, erklärte der Käpt’n. „Er trug an jedem Finger einen Rubinring. Auf dem größten prangte ein Totenschädel, und in einer der beiden Augenhöhlen war ein großes K eingraviert. Aber ich fürchte, diese Aufgabe wird besonders knifflig. Der Name der Insel gefällt mir schon mal gar nicht. Und wie der Palast aussieht, gefällt mir noch weniger.“

Die Zeichnung auf der Karte zeigte eine mächtige Festung mit dicken Schutzmauern, Burggraben und Zugbrücke.

„Um ehrlich zu sein, ich könnte mir kaum eine schwierigere Aufgabe vorstellen“, fügte der Käpt’n hinzu.

„Oh, da tauchen noch mehr Wörter auf“, sagte Eddy. *„Vorsicht Gefahr – hier gibt es Monster!“*

„Oh“, sagte der Käpt’n. „Also so muss man sich eine noch schwierigere Aufgabe vorstellen. Na, dann lasst uns mal eine Nacht drüber schlafen, damit wir morgen alle Sinne und Kräfte beieinanderhaben. Heute sind wir ganz schön schludrig vorgegangen. Wir hätten uns erst über Ploverdew schlaumachen sollen, bevor wir ihm ins Messer laufen.“

„Aber es ist doch alles gut ausgegangen“, sagte die Crew. „Dank dem Pinguin.“

„Das hab ich gehört!“, sagte der Pinguin, der gerade mit einer Ladung schmaler silbriger Fische an Bord kletterte. „Aber sag’s ruhig noch mal. Und gern auch mit Applaus dazu, wenn dir danach ist.“

„Auf der Kartenzeichnung ist ein Bach, der an einem Wald entlangfließt, quer über die Insel“, sagte der Käpt’n. „Wir könnten also unser Beiboot zu Wasser lassen und damit bis zum Palast rudern. Mauern kann man auf drei Arten überwinden – oben drüber, unten drunter oder mittendurch. Ich schau mir das Ganze erst mal genau an und entscheide dann, welcher Weg der beste ist."

„Außerdem habt ihr mich ja dabei, euren Helden", warf der Pinguin ein. „Ich bin bereit, allem zu trotzen, was diese Insel uns an Herausforderungen in den Weg stellen möge."

Aber das war er keineswegs. Keiner von ihnen war es.

20. Kapitel

In dem es Freund und Feind gibt

„Also, noch mal, Leute", sagte der Käpt'n. „Haltet Augen, Ohren und Nasen offen und schreit sofort los, wenn ihr nur den kleinsten Hauch von Monster erschnuppert."

„Im Moment erschnuppere ich nur Fisch." Eddy reckte die Nase in die Luft und schnüffelte, während er das kleine Beiboot den Bach entlangruderte.

„Das geht uns allen so, Schätzchen", sagte die Crew. „Was kein Wunder ist, weil wir doch alle nach Fisch riechen. Das passiert nun mal, wenn man dreimal täglich Fisch isst. Und du, Käpt'n Schätzchen, duftest besonders stark nach Fisch, nachdem Barracuda Bill dich mit den ganzen Fischresten beschossen hat."

„Genug geplaudert", sagte der Käpt'n. „Haltet Ausschau nach auffälligen Zeichen, die Gefahr bedeuten könnten."

Der Bach wand sich durch eine sonnenbeschienene Blumenwiese. Sie kamen an einem Fleckchen voller Löwenzahn vorbei, auf dem Häschen hoppelten und mümmelten. Sie duckten sich unter einer Trauerweide hindurch, in der blaue und orangefarbene Vögel herumflatterten. Sie gingen an einer Stelle an Land, an der lila Schmetterlinge über das hohe Gras tänzelten. Sie machten das Boot an einem Holzpfosten fest, an den ein großes Brett genagelt war, auf dem in grellroten Buchstaben ein Wort stand: GEFAHR!

„Wir haben eins gefunden", sagte Eddy.

„Am besten schauen wir uns erst mal um, bevor wir eine bestimmte Richtung einschlagen", sagte der Käpt'n.

Die Crew holte einen Feldstecher aus ihrem Rucksack und reichte ihn dem Piraten.

„Ein Doppel-Fernrohr, sehr hübsch", sagte der Käpt'n und musterte die Umgebung.

„Ich kann nirgendwo ein Monster entdecken", verkündete er dann. „Oh, Moment mal. Da ist was ein Stück weiter den Bach hinunter. Kannst du das auch sehen?"

Er reichte das Fernglas an Eddy weiter.

„Wirklich seltsam", sagte Eddy. „Ich hätte nicht gedacht, dass man eine Kuh überhaupt in ein Kanu kriegt, geschweige denn, dass man ihr beibringen kann, wie man rudert. Meinst du, das ist die Kuh, hinter der Barracuda Bill her ist?"

„Gut möglich", antwortete der Käpt'n. „Und wenn ja, dann möchte ich wissen, was sie im Schilde führt." Er begann der Kuh zuzuwinken. „Hey, du! Muh!"

„Na super, jetzt haben sie uns entdeckt", sagte die vordere Hälfte der Kuh. „Ich hab dir doch gesagt, dass die Verkleidung nur an Land funktioniert."

„Aber eine andere haben wir nun mal nicht", gab die hintere Hälfte zurück. „Wenn du dich als Riesenkrake hättest verkleiden wollen, dann hättest du eben die Nähmaschine rausholen müssen."

„Ach, halt die Klappe und ruder weiter."

Mühsam drehte die Kuh das Kanu und hielt auf das andere Ufer des Baches zu.

„Ihr nach!", sagte der Pinguin heldenhaft.

„Sollen wir sie wirklich verfolgen?", fragte Eddy. „Oder nicht doch lieber direkt zum Palast gehen und uns den Rubinring schnappen?"

Bevor der Käpt'n antworten konnte, erklang ein schriller Schrei, der alle fast zu Tode erschreckte.

„Halt! *Qui est-ce?* Wer ist da?", kreischte die Stimme.

„Wer will das wissen?", fragte der Käpt'n. Denn vom Besitzer der Stimme war weit und breit nichts zu sehen.

„Ich hab zuerst gefragt", gab die Stimme zurück.

„Vielleicht ein unsichtbares Monster", sagte der Pinguin und klang auf einmal wesentlich weniger heldenhaft.

„Freund oder Feind?", fragte die Stimme.

„Kann ich noch nicht sagen, solange ich nicht weiß, wer du bist", erwiderte der Käpt'n.

„Dann weigert ihr euch, euren Namen preiszugeben? *En garde!*"

„Wie soll ich mich mit dir duellieren, wenn ich dich nicht mal sehen kann?"

„Wir sind hier“, sprach die geheimnisvolle Stimme plötzlich direkt in sein Ohr. „Bevor ich dafür sorge, dass du dir wünschst, nie geboren worden zu sein, möchte ich mich erst einmal vorstellen. Ich bin Ritter François Cabernet Lalande-de-Pomerol, und dies hier ist Plonque, mein Freund und Waffenbruder.“

„*Bonjour!*“, sagte ein zweites Stimmchen.

„Wir sind die Rosinen des Todes! Angriff!“

Eddy sah, wie zwei winzige Pünktchen vom Gefahrenschild heruntersprangen und auf dem Hut des Kapitäns landeten.

„Haha!“, riefen die beiden Stimmen, und die Rosinen begannen auf und ab zu hüpfen.

„Mach dir gar nicht erst die Mühe, um Gnade zu flehen, du Lump!“, schrie der Ritter.

„Hatte ich auch nicht vor“, sagte der Käpt’n.

Die Rosinen hüpften noch heftiger auf und nieder.

„Er ist schon ziemlich groß“, sagte Plonque und keuchte leise. „Es wäre leichter, wenn er seinen Hut abnehmen würde. Meinst du, wir könnten ihn darum bitten?“

„*Courage, mon brave, und allez, hop!*“, gab der Ritter zurück. Dann sprang er noch höher in die Luft und stampfte bei der Landung noch fester auf.

„Ich glaube, ich brauche eine kleine Pause“, sagte Plonque.

Also hörten sie auf zu hüpfen.

„Die Rosinen des Todes?“, wiederholte Eddy.

„In der Tat“, erwiderte der Ritter. „Die gefürchtetsten, fruchtigsten Meuchelmörder der ganzen Insel.“

„*Oui*, das sind wir“, gab Plonque ihm recht.

„Und wie funktioniert das so?“, erkundigte sich der Käpt'n.

„Wir springen auf deinem Kopf auf und ab, bis er bricht, und – Puff! Du bist tot“, erklärte der Ritter. „So, jetzt kriegst du's ganz schön mit der Angst zu tun, was?“

„Ehrlich gesagt, nein“, erwiderte der Käpt'n.

„Der hat vielleicht Nerven“, sagte Plonque. „Ganz zu schweigen von seinem extrem dicken Schädel.“

„Wir haben jetzt wirklich keine Zeit für so was“, sagte der Käpt'n. „Wir müssen schleunigst zum Kaiserpalast.“

„Zum Palast?“, sagte der Ritter. „Und was genau möchtet ihr dort machen?“

„Zerbrecht ihr euch mal nicht meinen Kopf. Schafft ihr eh nicht“, sagte der Käpt'n.

„Doch, es ist unsere Aufgabe als *Résistance*, alles zu wissen, was mit dem Kaiser zu tun hat – möge ihn seine Unterwäsche unerträglich jucken! Wir haben geschworen, seiner Tyrannei ein Ende zu setzen – und uns in der Zwischenzeit so viele Streiche wie möglich auszudenken, wie wir ihm auf die Nerven gehen können.“

„Dann solltet ihr uns lieber nicht bekämpfen, sondern unterstützen“, sagte Eddy. „Wir wollen nämlich in den Palast einbrechen und ...“

„Und den Kaiser in tausend Scheiben schneiden?“, fragte der Ritter.

„Nicht ganz“, erwiderte Eddy. „Wir wollen einen Rubinring stehlen.“

„In Scheiben schneiden wäre mir lieber“, sagte der Ritter. „Aber man kann halt nicht alles haben.“

„Aber vielleicht könnt ihr uns ja dabei helfen.“

„Die Feinde unserer Feinde sind unsere Freunde. Und dein Kamerad mit dem Dickschädel ist sehr mutig – er hat nicht mal mit der Wimper gezuckt, als wir ihn in die Mangel genommen haben. Er hat nicht um sein Leben gefleht. Genau solche Männer sind es, die wir in der *Résistance* brauchen. Also – natürlich helfen wir euch.“

„Als Erstes müssen wir in den Palast hineingelangen“, sagte Eddy.

„Aha! Da kennen wir einen ganz speziellen Weg“, sagte der Ritter. „Folgt uns.“

„Diesmal hat uns die Karte einen ganz schönen Schwachsinn erzählt“, sagte der Pinguin, als sie den Rosinen durch einen Wald folgten. „Die erste Insel, die uns als gefährlich angekündigt wird, ist die erste, die kein bisschen gefährlich ist. Monster, ha – dass ich nicht lache.“

„Schön, dass du wieder munterer bist“, sagte Eddy.

„Wenn zwei vertrocknete Trauben alles sind, was hier an Gefahren rumfleucht, dann ist das der perfekte Ort, um den Helden zu geben.“

Als sie aus dem Wald heraustraten, ragte der Palast, düster und bedrohlich, hoch über ihnen auf.

„Sie haben gute Verteidigungsanlagen", sagte der Rosinenritter. „Aber ein scharfer Verstand kann das Schloss knacken, an dem rohe Gewalt scheitert. Mir nach."

Er führte sie an den Fuß der Mauer, holte einmal tief Luft und brüllte dann: „Was ist der Unterschied zwischen dem Kaiser und einem Eimer Pferdemist? Der Eimer!"

„Was macht der denn da?", raunte Eddy.

„Er beleidigt den Kaiser. Vielleicht läuft dem Kaiser dann beim Baden vor Wut Shampoo in die Augen", erklärte Plonque.

„Warum sieht das Gesicht des Kaisers wie zermatschtes Kartoffelpüree aus?", brüllte der Ritter weiter. „Keine Ahnung, ist einfach so!"

„Nicht übel", sagte der Pinguin. „Aber ich fürchte, da drin wird dich keiner hören. Lass mich mal machen, das ist genau mein Ding. Alle mal zurückbleiben – der Held übernimmt! Ich sage ja nicht, dass der Kaiser dämlich ist!", kreischte er. „Aber wenn Gehirn aus Dynamit wäre, könnte er sich damit kaum den Hut wegpusten!"

„Der war gut", sagte der Ritter.

„Und hier kommt noch einer", verkündete der Pinguin. „Was ist der ... äh, Moment mal, wo ist denn auf einmal der Boden hin?"

Der Boden war nirgendwohin gegangen. Dafür der Pinguin. Er flatterte plötzlich durch die Luft und schlug verzweifelt mit seinen Stummelflügeln um sich. Die Hand, die ihn angehoben hatte, konnte er nicht sehen – die anderen Knusperkekser sahen sie dafür umso besser. Oder zumindest sahen sie den mit Nieten gespickten Lederhandschuh, in dem die Hand steckte. Und den glänzenden Kettenpanzer über dem muskelbepackten Körper, zu dem die Hand gehörte. Und den gesichtslosen Helm, der den Kopf des Wachmanns umschloss, von dessen Hand der Pinguin herabbaumelte. Und schlimmer noch – sie konnten auch die dreißig bulligen Kollegen des Wachmanns sehen, von denen sie umzingelt waren.

Mit einem Grunzen schwang sich der erste Wachposten den Pinguin über die Schulter und stampfte Richtung Palasttor davon. Seine dreißig Kollegen senkten wortlos ihre dreißig Furcht einflößenden Speere und richteten sie auf die Knusperkekser.

„Ich glaube", rief der Pinguin über die Schulter, „sie wollen, dass ihr mitkommt."

21. Kapitel

In dem es ganz schön übel wird

Das schwere Tor krachte hinter ihnen ins Schloss. Nun standen sie in einem großen Innenhof, umgeben von massigen grauen Mauern, die das Sonnenlicht zu ersticken schienen. Eddy fröstelte in ihrem Schatten. Er sah sich nach allen Seiten um – gab es vielleicht irgendwo einen Fluchtweg? Aber der Kaiserpalast schien genauso ausbruchsicher wie einbruchsicher zu sein.

Die Wachleute hoben die Speere und traten zurück. Ihr Anführer stieß den Pinguin von seiner Schulter herunter. Krächzend segelte der Vogel durch die Luft und landete dann vor Eddys Füßen.

Der Pinguin rappelte sich auf, wischte sich den Staub vom Gefieder und sagte: „Also, wenn *das* Fliegen ist, dann nein danke. Nicht für mich, ich brauch so was nicht."

„*Voil*à", sagte der Rosinenritter François Cabernet Lalande-de-Pomerol. „Wir sind im Palast, genau wie ich es euch versprochen habe."

„Du hast nur vergessen zu erwähnen, dass wir dann Gefangene sein werden", sagte der Käpt'n. „Ganz schön übel."

„Aber nein, wir befinden uns in einer exzellenten Lage", widersprach der Ritter. „Jetzt, wo wir sie dazu gebracht haben, uns hierher zu führen, haben wir das Schlimmste geschafft. Wir brauchen nur noch diese Grobiane zu überwältigen! Und was ist das schon für einen so mutigen Mann wie Sie? Und dann überlegen wir, wie wir dem Kaiser das Handwerk legen können – mögen seine Bettlaken immer krümelübersät sein!"

„Was jucken mich jetzt die Krümel!", sagte der Käpt'n. „Wir stecken in der Klemme. Zwischen Mut und Dummheit besteht ein klitzekleiner Unterschied, und diese vielen Wachleute ganz allein besiegen zu wollen wäre eindeutig oberdumm."

„Tut mir leid, dass ich eure Unterhaltung unterbrechen muss", erklang eine Stimme hinter ihnen.

Sie wirbelten herum – da stand ein junger Mann in schicker lilafarbener Uniform und lächelte.

„Ihr müsst die neuen Gefangenen sein", sagte er. „Schön, euch kennenzulernen. Wie ihr an meinem Namensschild seht, heiße ich Robo, und ich bin von nun an euer persönlicher Gefangenen-Orientierungs-Beauftragter, kurz: GOB."

„Danke für die freundliche Erläuterung", sagte der Pinguin. „Hübscher Name – Robo-GOB."

„Ja, lustiges Wortspiel, was? Robo-GOB, Robo-Cop …" Robo kicherte vor sich hin. „Sehr schön. Die wenigsten Gefangenen schaffen es, sich ihren Sinn für Humor zu bewahren. Also, ich werde euch durch die Zeit des Gerichtsverfahrens und der Strafe begleiten. Wenn ihr Fragen habt – immer raus damit!"

„Gerichtsverfahren?“, sagte der Käpt’n.

„Strafe?“, fügte Eddy hinzu.

„Strafe, ja“, sagte Robo. „Nachdem ihr schuldig gesprochen werdet.“

„Aber wir haben doch gar nichts verbrochen“, wandte die Crew ein.

„Haha, der war gut“, lachte Robo. „Ehrlich, ihr macht mir Spaß, Leute. Jeder, der hier vor Gericht gestellt wird, erhält einen Schuldspruch. Das System ist extrem wirkungsvoll. Und dann werdet ihr exekutiert.“

„Exekutiert?“, wiederholte der Pinguin.

„Exekutiert, hingerichtet, wie auch immer ihr es nennen wollt. Aber jetzt müssen wir uns ein bisschen sputen. Folgt mir bitte.“

Die Art, wie die Wachposten mit ihren Speeren fuchtelten, überzeugte die Knusperkekser, seiner Anweisung Folge zu leisten. Robo führte sie in eine große Halle, in der sich unzählige Menschen aneinanderdrängten. Noch mehr Posten hielten vor einer Reihe dicker Eisengitterstäbe Wache – ein Teil der Halle war eine Gefängniszelle.

„Wenn ihr mir dann bitte den Gefallen tun könntet, euch da reinzubegeben?“, sagte Robo. „Ich bin sicher, der Kaiser kommt bald. Macht euch wegen des Papierkrams keine Gedanken, den erledige ich. Und auf Wunsch lasse ich eure persönlichen Habseligkeiten und eine letzte Nachricht an eure Liebsten senden.“ Fröhlich winkend wandte er sich ab und überließ sie den Wachen, die sie in die Zelle schubsten und den Riegel hinter ihnen wieder vorschoben.

„Das ist ja jetzt richtig übel“, sagte der Käpt’n.

„Aber nein, es ist *superbe!*“, piepste der Ritter. „Das ist unsere Chance, die *Résistance* zu inspirieren. Noch Jahrzehnte werden sie davon sprechen, wie tapfer und geschlossen wir Kameraden hinter dem mutigen Piratenkapitän gestanden haben, als der dem Kaiser ins Gesicht gelacht und ihn herausgefordert hat, sein hässlichstes Gesicht zu zeigen.“

„Na ja, gewünscht hab ich mir das nicht gerade“, sagte der Käpt’n.

„Sie werden uns auf Gemälden verewigen!“, fuhr der Rosinenritter fort. „Sie werden noch ihren Kindern und Kindeskindern von uns erzählen!“

„Ja, von uns und unserer grausamen Hinrichtung. Sehr hübsche Geschichten für Kinder“, sagte der Pinguin.

„Pst!“, zischte Eddy. „Ich glaube, er kommt!“

klack klack klack

Stiefelschritte klackerten einen Flur entlang.

klack klack klack

Unter ohrenbetäubendem Trompetengeschmetter und einem „Macht Platz für den Kaiser!“-Schrei brach die Meute in der Halle in Applaus und Jubelgeschrei aus. Alle machten einen Knicks oder verbeugten sich, manche sogar so tief, dass sie den Boden mit der Nase berührten.

Eddy spähte zwischen den Leuten hindurch und sah einen

sehr kleinen Mann mit einer sehr großen Krone auf dem Kopf hereinkommen. Er trug einen Samtmantel, der mit kostbaren Juwelen besetzt war, dazu bestickte Seidenhosen und weiche Lederslipper, mit denen er lautlos über den Boden glitt. Zwei uniformierte Diener folgten ihm. Einer von ihnen hatte eine große Marmortafel in den Händen, der andere ein Paar Lederstiefel, die er ständig gegen die Marmorplatte knallte, damit es sich wie schwere Schritte anhörte, die die Ankunft des Kaisers ankündigten.

Der Kaiser tapste in Richtung eines hohen Throns am anderen Ende des Raums. Hübsch bekleidete Damen streuten ihm Rosenblütenblätter vor die Füße. In Käfige eingesperrte Vögel begleiteten seine Schritte mit munterem Gezwitscher, exotische Düfte wurden in die Luft gesprüht. Mehrere Tabletts mit kleinen Köstlichkeiten und Likören wurden dem Kaiser angeboten. Er hätte schon ein Herz aus Stein haben müssen, um von der ausgeklügelten Show nicht gerührt zu sein.

Aber genau das hatte er – ein Herz aus Stein. Achtlos kickte er die Rosenblütenblätter beiseite. Er brüllte die Vögel an, den Schnabel zu halten, hustete gegen die Parfümwolken an, spuckte eine der angebotenen Köstlichkeiten in hohem Bogen aus und fegte die Getränke vom Tablett. Als er vor dem Thron ankam, wirbelte er herum. Sein Gesicht war knallrot, und er hatte offensichtlich schlechte Laune.

„Nutzlos!“, kreischte er. „Ihr seid allesamt nutzloses Gesindel! Womit muss ich heute schon wieder meine kostbare Zeit vergeuden?"

Robo trat einen Schritt vor. „Es gibt ein Gerichtsverfahren, Eure Magnitudität. Gefangene."

„Oh!" Der Kaiser setzte sich aufrecht auf den Thron. „Das klingt schon besser. Haben sie ein sehr übles Verbrechen begangen?"

„Dies liegt in Eurer Entscheidung, Majestät."

„Ja, stimmt." Er rieb sich die Hände und wandte sich der Gefängniszelle zu. „Also, was hat das niederträchtige Ungeziefer zu seiner Verteidigung zu sagen?"

„Welchen Vergehens werden wir überhaupt beschuldigt?", fragte Eddy mit zittriger Stimme.

„Ihr seid verpflichtet, die Gesetze zu befolgen! Was denn sonst? Wenn ihr das nicht wisst, habt ihr aber eine sehr schlechte Kinderstube genossen. Doch dieses Gerichtsverfahren dreht sich nicht um das, was ihr hättet tun sollen, sondern um das, was ihr tatsächlich getan habt."

„Und was sollen wir tatsächlich getan haben?"

„Sagt ihr es mir", beharrte der Kaiser. „Ihr wart doch dabei, ihr habt alles gesehen. Ihr müsst doch wissen, was ihr getan habt und warum und wie und wann und wo. Also – sprecht." Mit einem selbstzufriedenen Ausdruck im Gesicht lehnte er sich zurück, und die Versammelten applaudierten begeistert.

„Eine sehr subtile Befragungsmethode, Eure Enormität. Bewundernswert", sagte Robo.

„Ja, das war schon ziemlich brillant, nicht wahr?“, sagte der Kaiser.

„Wir haben nichts anderes getan, als auf diese Insel zu kommen“, sagte der Käpt’n.

„Aha!“, stieß der Kaiser aus. „Dann gesteht ihr also euer Verbrechen! Ihr seid in mein Reich eingedrungen, ohne Zweifel in der Absicht, mich vom Thron zu stürzen, meinem Porträt einen Schnurrbart und eine komische Brille aufzumalen und meine armen Untertanen ihres geliebten Kaisers zu berauben.“

„Ach, steck’s dir in den Rachen und erstick dran!“, piepste da eine Rosinenstimme dazwischen. „Deine Untertanen hassen dich!“

„Da ihr zumindest nicht versucht habt, mich mit nutzlosen Rechtfertigungen zu langweilen, will ich mal gnädig sein“, sagte der Kaiser ungerührt. „Das Urteil lautet: Todesstrafe.“

„Und was soll daran gnädig sein?“, rief Eddy.

„Allerdings habe ich ob eures widerwärtig fischigen Geruchs beschlossen“, sagte der Kaiser, „das Strafmaß zu verdoppeln. Der Fischgestank ist wirklich ekelerregend. Und lasst euch das eine Lektion sein fürs nächste Mal.“

Während die Anwesenden wieder begeistert losklatschten, quiekte der Rosinenritter: „Jetzt wäre der geeignete Moment, um ihm ins Gesicht zu lachen, Käpt’n.“

„Ich versteh aber nicht, was daran lustig sein soll“, wandte der Käpt’n ein.

„Als ihr meintet, ihr könntet für nicht schuldig befunden werden, das war lustig“, sagte Robo lachend.

„Und was passiert jetzt mit uns?“, fragte Eddy mit einem Kloß im Hals.

„Na ja“, erklärte Robo. „Der Kaiser muss noch entscheiden, auf welche Weise ihr hingerichtet werden sollt. Wenn ihr Glück habt, wird es kurz und schmerzlos sein.“

„Henker!“, rief der Kaiser. „Führe das Untier herein!“

„Oh“, sagte Robo. „Na dann ... trotzdem alles Gute!“

22. Kapitel

In dem es noch übler wird

Es klang nicht ganz wie das Brüllen eines Löwen oder das Kreischen einer Kreissäge oder das Schlabbern eines riesigen Hundes. Aber ein bisschen was von allen dreien steckte durchaus in dem grässlichen Geräusch, das sich über den Gang näherte.

Da wurde wohl etwas Schweres über den Boden geschleift. Etwas, was nicht über den Boden geschleift werden wollte und seinen Unwillen darüber laut und deutlich zum Ausdruck brachte.

„ROOOOOAAAARGGGDZZZZZZZZ DRMMMMMMMDSCHLLLLAABBBBB!"

Das musste also das Untier sein. Die Knusperkekser hatten zwar keine Ahnung, um welche Kreatur es sich dabei handelte, aber bestimmt würden sie das bald erfahren, ganz bald, viel zu bald. Und wenn es so weit war, würden sie sich bestimmt wünschen, sie hätten es nie erfahren.

Vier Wachmänner wankten in die Halle. Schwitzend und stöhnend zerrten sie einen Eisenkäfig auf Rädern hinter sich her.

Das Lebewesen darin war nicht im Entferntesten so klein wie ein Löwe. Seine Zähne waren nicht im Entferntesten so stumpf wie die einer Kreissäge und seine triefenden Lefzen nicht im Entferntesten so trocken wie die eines sabbernden Hundes. Und was sein Aussehen betraf ... Es war nicht nur der hinterlistige Ausdruck in seinen blutunterlaufenen gelben Augen, nicht nur der fettige grünliche Pelz, der ihm wie ein schmuddeliger Flickenteppich in verfilzten Klumpen vom Leib hing, nicht nur die schwarze Zunge, die aus seinem labberigen Geifermaul herabbaumelte, nicht nur die abgewetzten, schmutzigen Klauen an den riesigen Vorderpranken, nicht nur die rotzverkrustete, schuppige Schnauze ... Nein, es war die Kombination aus alldem zusammen, die das Untier so widerlich machte.

Ach ja, und das Furzen natürlich.

Das Untier gehörte ganz offenbar zu der Sorte Lebewesen, die nur die eigene Mutter lieb haben kann. Und selbst die musste dafür halb blind und ihres Geruchssinns beraubt gewesen sein.

PFFFLAAARRRPPP!

Eine Duftwolke nach verkochtem Kohl und faulen Eiern breitete sich in der Halle aus.

„Und da heißt es, *wir* würden schlecht riechen?!“, sagte Eddy.

„Blicket auf!“, brüllte der Kaiser. „Das mächtige Untier! Ist es schon gefüttert worden?“

Ein Mann in Zoowärter-Kluft mit einer schwarzen Kapuze auf dem Kopf trat hinter dem Käfig hervor. „Seit gestern nicht mehr, Euer Majestät.“

„Hervorragend. Aber, Moment mal, bist du jetzt der Tierpfleger oder der Henker?“

„Beides in einer Person, Majestät. Ihr habt meine Vorgänger neulich entlassen.“

„Ach ja, das nutzlose Gesindel“, sagte der Kaiser. „Dann muss das Untier wohl sehr hungrig sein.“

„Sehr unhöflich, so über mich zu reden, als wäre ich überhaupt nicht da“, ging das Untier schmollend dazwischen. „Ich kann ja wohl für mich selber sprechen.“

PFFFLAAARRRPPP!

„Ja, und unglücklicherweise aus beiden Körperenden“, sagte der Kaiser. „Also, bist du hungrig, Untier?“

„Mag sein“, antwortete es. „Kommt drauf an.“

„Worauf?“

„Keine Ahnung.“

„Stimmt etwas nicht mit dem Untier, Tierpflegehenker? Ich meine, Henktierpfleger?“, fragte der Kaiser. „Für mich hört es sich an, als hätte es schlechte Laune.“

„Es befindet sich in einem schwierigen Alter, Majestät.“

„Jetzt macht ihr das schon wieder“, grummelte das Untier.

PFFFLAAARRRPPP!

„Stellt den Käfig in Position“, befahl der Kaiser.

Die Wachen rückten den Käfig so zurecht, dass die Öffnung sich auf gleicher Höhe mit der Tür der Zelle befand, in der die Knusperkekser steckten.

„*Vive la Résistance!*“, quietschte der Rosinenritter. „Du magst uns unser Leben nehmen, aber niemals nimmst du uns unseren Kampfgeist!“

„Euer Leben reicht mir vollkommen, danke“, gab der Kaiser zurück. „Wachen, lasst das Untier heraus!“

Die Wachposten zogen die Käfigtür hoch. Jetzt trennten nur noch die Gitterstäbe der Zelle die Knusperkekser von den grässlichen Kiefern des Untiers. Und die Wächter waren schon dabei, den Riegel der Gefängnistür zu öffnen.

Eddys Herz hämmerte so heftig, als wollte es ihm aus der Brust springen.

„Leb wohl, Käpt'n Schätzchen", sagte die Crew. „Es war mir eine Ehre, dir zu dienen. Ich würde ja gern hinzufügen, es sei mir zugleich ein Vergnügen gewesen, aber unter den gegebenen Umständen würde sich das wohl ziemlich idiotisch anhören."

„Tut mir leid", erwiderte der Pirat leise. „Ich wollte nicht, dass unser Abenteuer so endet."

Die Gefangenen drängten sich aneinander, während die Gittertür aufgemacht wurde. Das Untier hob seinen riesigen Hintern vom Boden, presste einen umwerfenden Furzstoß hervor und trottete dann gemächlich auf seine Beute zu. Die vier Freunde konnten seinen heißen, nach rostiger Mülltonne duftenden Atem riechen. Mit triefenden Lefzen baute sich das Untier über ihnen auf.

Eddy presste sich an den Käpt'n. Der Käpt'n griff nach seiner Hand und drückte sie fest. Eddys Körper vibrierte mit jeder Faser, schrie ihm lautlos zu, so schnell wie möglich wegzurennen. Aber so, zwischen dem Untier und den Eisenstäben eingequetscht, gab es kein Entrinnen.

Wie konnte das alles nur so schieflaufen? Er hätte doch eigentlich gar nicht hier sein sollen. Er hätte mit seinen Eltern

Ferien machen sollen. Aber nein, seine dämlichen Eltern hatten ja keine Zeit für ihn. Sein dämlicher Vater, der ständig die Fernbedienung für den Fernseher bunkerte. Seine blöde Mutter, die ihm immer noch die Socken hochzog, als wäre er noch ein kleines Kind. Seine Mama ... Sie würde nicht mal erfahren, was mit ihm geschehen war.

„Mama“, sagte er.

Dann schloss er die Augen und wartete auf das Schnappen der Kiefer. Auf das Mahlen der mächtigen Zähne. Hoffentlich ging es wenigstens schnell. Bitte, flehte Eddy innerlich, lass es einfach schnell vorbei sein.

23. Kapitel

In dem es um leckere, knusprige, saftige Köpfe geht

Eddy zuckte zusammen, als er spürte, wie ein klebriger Geiferfaden auf seinem Kopf landete und ihm aus den Haaren übers Gesicht hinunterlief. Das Untier drückte seine rotzverkrustete Schnauze an Eddys Wange und atmete tief ein.

Eddy kniff die Augen noch fester zu und wartete auf den tödlichen Biss.

Aber da kam kein Biss.

Er zog vorsichtig ein Augenlid hoch und spähte hinaus.

„Das ist Fisch“, sagte das Untier. „Fisch mag ich nicht.“

„Was soll das heißen, das ist Fisch?“, blökte der Kaiser. „Schau sie dir doch an – das sind drei Menschen und ein komischer Vogel.“

„Und zwei tödliche Rosinen“, quäkten der Ritter und Plonque im Chor.

„Die stinken nach Fisch. Ess ich nicht.“

„Aber die haben Beine“, beharrte der Kaiser. „Hast du schon mal Fische mit Beinen gesehen?“

„Es gibt einen Haufen Sachen, die ich noch nie gesehen hab“, erwiderte das Untier traurig. „Luftballons. Windmühlen. Das Meer.“

Matt ließ es sich auf sein übel riechendes Hinterteil plumpsen und saß dort wie ein Häuflein Elend.

„Du hast noch nie das Meer gesehen?“, fragte Eddy. „Das tut mir sehr leid für dich.“

„Ich seh den ganzen Tag nichts anderes als Kerker, Käfig, Kerker, Käfig ...“, schniefte das Untier. „Nie darf ich Spaß haben.“

„Das ist wirklich traurig“, sagte Eddy.

„Aufhören!“, schrie der Kaiser. „Ich weiß, was ihr vorhabt. Ihr tut so, als hättet ihr Mitleid mit dem Untier, damit es euch nicht auffrisst.“

„Ich hab doch längst gesagt, dass ich sie nicht auffressen will“, grummelte das Untier. „Ich mag keinen Fisch.“

„Aber das ist doch kein Fisch!“, keifte der Kaiser. „Er hat Kleider an!“

„Kleider, Backteig, Panade ... Ist doch egal. Die tarnen dein Futter so, dass es nicht mehr wie Fisch aussieht, aber dann beißt du rein und – jörks. Fisch.“

„Dir kann man wirklich nichts vormachen“, sagte Eddy. „Ja, unter diesen ganzen Klamotten sind wir alle nur eklige Fische. Stimmt's, Leute?“

Die Knusperkekser gaben ihm lautstark recht und bemühten sich, so fischig wie möglich auszusehen. Was nicht so leicht ist, wie man meinen könnte.

„Hör nicht auf sie", sagte der Kaiser.

„Ich hör nicht mehr auf *dich*", gab das Untier zurück.

„Ach, komm, beiß ihnen wenigstens den Kopf ab. Das sind leckere, knusprige, saftige, köstliche Köpfe. Die magst du doch am liebsten", drängte der Kaiser.

„Nö."

„Du kannst auch Ketchup dazu haben."

„Ich will Pizza."

„Jetzt hör auf zu maulen! Gegessen wird, was auf die Insel kommt!"

„Nein! Ich hasse Fisch! Und ich hasse dich!"

„Zum allerletzten Mal – das sind keine Fische!!!", kreischte der Kaiser aus voller Kehle.

„Das sag ich meiner Mama", sagte das Untier.

Die Worte ließen den Kaiser auf der Stelle verstummen.

„Nein, nein, bitte nicht", ruderte er hastig zurück. „Wir haben doch gerade erst wieder aufgebaut, was sie beim letzten Wutanfall zerstört hat. Du musst sie nicht fressen. Wachen, bringt ihn weg. Tierpfleger, gib ihm Pizza, Hauptsache, er beruhigt sich wieder."

„Ich will Pizza mit scharfen Würstchen drauf", sagte das Untier und stapfte wieder in seinen Käfig zurück. „Aber ohne Oliven. Die schmecken fast genauso eklig wie Fisch."

Eddy stieß vor Erleichterung einen tiefen Seufzer aus. Seine Handflächen waren schweißnass, und sein Herz wummerte immer noch in der Brust, während die Wachleute den Käfig mit dem Untier wieder wegschleiften.

Aber er war froh, dass sein Herz noch wummerte. Das bedeutete ja, dass er noch am Leben war. Am Leben – wenn auch nicht frei.

Der Kaiser sah aus, als könnte er jeden Augenblick vor Wut explodieren.

„Ich will, dass die Gefangenen im Kerker angekettet werden, bis mir eine richtig schreckliche Methode der Hinrichtung einfällt. Im Moment fällt mir nämlich nichts ein, weil ich so zornig bin! Bringt mir den Kerkermeister!"

„Da gibt's ein klitzekleines Problem, Majestät", sagte Robo. „Den habt Ihr neulich gefeuert, weil er den Gefangenen zu viel Brot zur Schimmelschicht gegeben hat."

„Dann den stellvertretenden Kerkermeister."

„Gefeuert", sagte Robo.

„Den wachhabenden Kerkerwächter."

„Gefeuert und in Zelle Nummer drei eingesperrt."

„Wer ist denn dann überhaupt noch für den Kerker zuständig, um Himmels willen?", rief der Kaiser.

„Der alte Ichabod", antwortete Robo nach einem Blick auf sein Klemmbrett. „Er ist als Einziger noch da unten tätig."

„Der alte wer?"

„Ichabod. Er ist für das Kerker-Catering zuständig. Sein Job besteht darin, das Brot von heute abzufangen, bevor es zu den Gefangenen gelangt, und einiges von dem Schimmel abzulecken. Dann schleckt er ihn auf das altbackene Brot drauf, das die morgige Ration darstellt, damit er bis zum folgenden Tag schön dick und pelzig weiterwächst und so an die Insassen verteilt wird."

„So einen Job kann wirklich nur ein Vollidiot machen."

„Oh ja, er erfüllt die Anforderungen für den Posten perfekt", erwiderte Robo.

„Na dann, bringt mir den Kerl."

„Die Sache hat nur einen klitzekleinen Haken, Majestät. Der Mann ist seit dreiundzwanzig Jahren nicht mehr aus dem Kerker rausgekommen. Er hat inzwischen panische Angst vor Tageslicht. Nur der Himmel weiß, was geschehen könnte, wenn wir ihn hierher zerren."

„Hab ich eigentlich nur noch nutzlose Untertanen?", schrie der Kaiser. „Am liebsten würde ich die ganze Bevölkerung feuern und mir eine neue besorgen."

„Na ja, Ihr kennt die Redewendung sicher", sagte Robo. „Wenn der Idiot im Kerker nicht zum Kaiser kommt, dann muss der Kaiser zum Idioten in den Kerker kommen."

„Von wem stammt die Redewendung denn? Wenn ich den in die Finger kriege, kann er sich gleich mal den Kettenplatz neben dem wachhabenden Kerkerwächter reservieren."

Da hatte Eddy plötzlich eine Idee. Vielleicht gab es ja doch noch eine Chance, hier rauszukommen.

„Majestät, machen Sie sich doch keine Umstände", sagte er. „Wir finden den Weg in den Kerker auch ganz allein." Wenn sie erst mal unbewacht waren, würde sich doch bestimmt irgendwo eine Möglichkeit zur Flucht auftun. Aber würde der Kaiser auf diesen Trick hereinfallen?

„Auf den Trick fall ich nicht rein, du hinterlistiges kleines Balg", sagte der Kaiser. „Und wenn ich euch persönlich in den Kerker werfen muss, auch egal. Je schneller ihr angekettet werdet, desto schneller kann ich anfangen zu überlegen, wie ich euch am besten ein für alle Mal loswerde."

24. Kapitel

In dem es wieder mal abwärts geht

Der Weg zum Kerker war feucht und finster. Unter der Führung des Kaisers und den Augen zweier bewaffneter Wachleute trotteten die Knusperkekser durch schmale Gänge, die in den Felsen gehauen worden waren. Sie stiegen glitschige, mit Schimmel überzogene Treppen hinunter und atmeten bei jedem Atemzug den Geruch von Angst und Elend ein.

Je weiter es nach unten ging, desto mehr ging es auch mit Eddys Stimmung abwärts. Welch grausames Schicksal würde der Kaiser sich für sie einfallen lassen? Auch die anderen Knusperkekser konnten an kaum etwas anderes denken. Keiner von ihnen sprach auch nur ein Wort.

Als sie um eine Ecke bogen, versperrte ihnen plötzlich eine massive Eisentür den Weg. Daneben hing ein großes, von einer blinkenden Lichterkette eingerahmtes Schild, auf dem in riesigen orangefarbenen Lettern geschrieben stand: *Lasst, die ihr eintretet, alle Hoffnung fahren!* Und das o in *Hoffnung* hatte ein Smiley-Gesicht.

„Das war meine Idee“, sagte Robo. „Früher war das Schild einfach nur langweilig schwarz, da dachte ich, so wirkt es gleich viel fröhlicher.“

Einer der Wachmänner trat vor und hämmerte mit seiner gepanzerten Faust gegen die Tür. Es klang wie eine Pauke, die die Gefangenen auf ihrem Gang zum Schafott begleitete.

KLONK – ein schwerer Eisenriegel wurde aufgezogen.

KLIRR – eine Kette rasselte zur Seite.

„Eine Minute“, krächzte eine Stimme jenseits der Tür.

Klonk. Klirr. Klonk. Klonk.

Klirr.

Schließlich war zu hören, wie ein Schlüssel kratzend ins Schloss gesteckt, unter lautem Quietschen herumgedreht und mit einem weiteren Kratzen wieder herausgezogen wurde.

„Falscher Schlüssel“, sagte die Stimme.

Kratz. Quietsch. Kratz.

„Der muss doch hier irgendwo sein“, sagte die Stimme.

„Probier mal den mit dem Schild, auf dem *Kerker* steht“, rief Robo.

„In Ordnung“, erwiderte die Stimme. „Aber dann müsst ihr euch ein Weilchen gedulden.“

„Um Himmels willen, wie lange denn noch?“, brüllte der Kaiser.

„Das kommt drauf an“, antwortete die Stimme. „Wie lange braucht man ungefähr, um lesen zu lernen? Augenblick, ich hab eine bessere Idee. Ich probier mal diesen glänzenden Schlüssel hier."

Wieder Kratzen, wieder Quietschen. Dann klickte das Schloss, und die Tür schwang mit einem knirschenden Ächzen auf.

Im Kerker dahinter war es sogar noch finsterer als im Gang davor. Nachdem Eddys Augen sich halbwegs an die Düsternis gewöhnt hatten, konnte er eine Art großes Haarbüschel erkennen, das auf die Neuankömmlinge zuwankte. Zwei Hände tauchten aus dem Dunkel auf, teilten die dichte Mähne in zwei Hälften und gaben somit den Blick auf ein schmuddeliges, runzeliges Gesicht frei. Das musste Ichabod sein, dessen letzter Haarschnitt und letzte Rasur dreiundzwanzig Jahre zurücklagen.

„Was gibt's?", fragte ein zahnloser Mund.

„Gefangene", verkündete der Kaiser.

„Nein danke. Wir haben schon welche", sagte Ichabod und wandte sich ab.

„Hast du eigentlich eine Ahnung, wer ich bin?", donnerte der Kaiser.

„Wieso? Kannst du dich nicht mehr dran erinnern?", gab Ichabod zurück. „Muss furchtbar sein, sein ... äh ... Dingsens ... zu verlieren."

„Nutzloses Gesindel", stieß der Kaiser hervor.

„So was muss ich mir nicht bieten lassen. Ich stehe im Dienste des Kaisers."

„Und ich *bin* der Kaiser!"

„Na also, dann ist dir ja doch wieder eingefallen, wer du bist. Schön für dich." Ichabod grinste dümmlich.

„Jetzt hör mir mal gut zu, du Hornochse", zischte der Kaiser zwischen zusammengebissenen Zähnen. „Ich gebe dir jetzt ein paar Befehle. Erstens: Du nimmst die Gefangenen in Empfang und kettest sie an der Kerkermauer an. Zweitens ..."

„Du hast drittens übersprungen", ging Ichabod dazwischen.

„Ich bin noch bei zweitens", grollte der Kaiser.

„Das verwirrt mich alles ziemlich."

„Wieso muss ich mich mit so was rumschlagen? Ich bin der Kaiser! Ich sollte mich im Palast aufhalten und kaisern! Aber stattdessen bin ich hier unten und versuche einem Vollidioten das Zählen beizubringen!"

Wütend drehte er sich weg und trat gegen den nächstbesten Gegenstand. Sein von einem weichen Slipper umhüllter Fuß machte mit einem kettengepanzerten Bein Bekanntschaft und knackte laut.

„Auuuuuuu!", jaulte der Kaiser und hüpfte auf seinem heilen Fuß auf und ab.

„Entschuldigung, Euer Mächtigglänzigkeit", murmelte der Wachposten eingeschüchtert.

„Hast du dir wehgetan?", fragte Ichabod, als der Kaiser nicht aufhörte zu heulen.

Eddy überlegte, ob er das allgemeine Chaos nutzen und abhauen sollte. Aber zu seiner Enttäuschung ließ ihn der zweite Wachposten nicht aus den Augen. Außerdem hatte der Mann eine Hand griffbereit an seinem Speer. Noch enttäuschter war Eddy, als er bemerkte, wie zwei kleine Klümpchen sich unbemerkt an den Wachleuten vorbeischlichen und die Treppe hochhasteten. Die Rosinen! So viel zum Thema „Kameraden stehen einander treu bei“, dachte Eddy. Jetzt rannten sie ja doch weg und ließen die Knusperkekser im Stich!

Endlich hörte der Kaiser mit dem Gehopse und Gejaule auf. Aber seine Wut auf Ichabod war noch lange nicht verraucht.

„Das Einzige, was dich vor unvorstellbaren Strafen und Schmerzen bewahrt, ist die Tatsache, dass es keinen anderen Vollidioten im ganzen Reich gibt, der vollidiotisch genug wäre, deinen Posten zu übernehmen. Jetzt sprich mir nach. Erstens: Gefangene an die Mauer ketten.“

„Erstens – Gefangene an die Mauer ketten.“

„Zweitens – sie angekettet lassen.“

„Zweitens – sie angekettet lassen.“

„Drittens – auf Befehle warten.“

„Drittens – auf Befehle warten. Und das Brot ablecken.“

„Und noch was: Sie haben vielleicht gefährliche Komplizen, die versuchen könnten, sie zu befreien. Vertrau niemandem. Und vor allem: Gib niemandem den Schlüssel. Das waren meine Befehle“, schloss der Kaiser. „Und ich erwarte, dass du sie Wort für Wort befolgst.“

„Solange du sie nicht aufschreibst, müsste das klappen“, entgegnete Ichabod. „Sonst wäre das nämlich ziemlich sinnlos. Wegen nicht lesen können und so.“

„Oh, ich muss hier raus“, sagte der Kaiser. „Also, nicht vergessen: anketten, angekettet lassen, warten. Niemandem trauen. Niemandem den Schlüssel geben. Das kriegt sogar ein Siebenjähriger hin.“

„Ich hätte das mit sieben nicht hingekriegt“, sagte Ichabod. „Ich war schon als Kind ein bisschen dumm. Aber trotzdem ist ja was aus mir geworden. Ketten, ketten, warten, niemandem. Alles klar. Ich werde dich nicht enttäuschen.“

„Ich geh jetzt und setze eine inselweite Stellenanzeige auf – für einen anderen Vollidioten, der auf Schimmel steht.“ Damit stampfte der Kaiser von dannen.

„Jetzt, wo alles geregelt ist“, wandte sich Robo an die Knusperkekser, „bleibt mir nur noch, euch diesen Fragebogen zur Kundenzufriedenheit auszuhändigen. Wenn ihr mal eine Minute Zeit habt, wäre es wirklich sehr freundlich von euch, wenn ihr den für mich ausfüllen könntet. Aber wartet nicht zu lange damit, denn ... Na ja, ihr habt ja nicht mehr lange zu leben. Aber trotzdem danke für alles. Es war mir eine Freude, mit euch zusammenarbeiten zu dürfen.“

Damit hetzte er hinter dem Kaiser her.

Die zwei Wachleute starrten die Gefangenen an.

„Also dann“, sagte Ichabod. „Auf zum Anketten. Ja, ich glaube, das war erstens. Anketten. Und macht mal hinne. Das Brot leckt sich auch nicht von alleine ab.“

Während sie abgeführt wurden, raunte der Käpt’n seiner Mannschaft zu: „Keine Sorge, meine Süßen, der Kerl ist so hirnverbrannt, den tricksen wir in null Komma nix aus. Hört, was ich sage: In spätestens fünf Minuten sind wir hier raus, sonst will ich nicht mehr der Fiese Miese Olle McScholle heißen."

25. Kapitel

In dem niemandem die Flucht gelingt

Die gute Nachricht war, dass die Crew in ihrer unendlichen Voraussicht dran gedacht hatte, in ihrem roten Rucksack einen Dietrich, eine Bügelsäge und eine große Feile mitzunehmen – nur für den Fall, dass sie mal von Nutzen sein sollten.

Die schlechte Nachricht war, dass die Wachleute in ihrer unendlichen Voraussicht dran gedacht hatten, den roten Rucksack außer Reichweite der Knusperkekser zu schaffen, bevor sie diese an die Mauer ketteten und dann wieder in den Palast hochstiefelten.

„Rumpelstilzchen? Walter Wabbelbauch? Prinz Poldi von Pudelhausen?", rief der Pinguin. „Du hast gesagt, in fünf Minuten sind wir hier raus, sonst willst du nicht mehr der Fiese Miese Olle McScholle heißen. Jetzt zerrst du schon seit über zwei Stunden an diesen Ketten rum, und wir sitzen immer noch genauso fest wie am Anfang. Also los, wie soll dein neuer Name lauten? Arthur Iltis? Axel Schweiß? Elvis im Wunderland?"

„Was ist eigentlich aus Mister Ich-bin-Pingwing-der-Held geworden?", gab der Käpt'n zurück.

„Er wurde zum Tode verurteilt und in einen Kerker geworfen", antwortete der Pinguin finster. „Von jetzt an werde ich einfach nur noch mit dem Schlimmsten rechnen. Dann wird man nicht so oft enttäuscht."

„Wir müssen der Wahrheit ins Auge sehen", sagte Eddy. „Diese Schlösser kriegen wir nur mit dem richtigen Schlüssel geöffnet."

PLING! Da schoss ihm plötzlich eine Idee durch den Kopf.

„Wir müssen den Kerkermeister dazu bringen, uns den Schlüssel zu geben", sagte er. „Hey, Kerkermeister!"

„Jetzt ist er völlig verrückt geworden", sagte der Pinguin.

„Pst!", zischte Eddy. „Alle mal ruhig sein, ja? Kerkermeister!"

Der haarige Heuhaufen namens Ichabod kam in den Kerker geschlurft.

„Geben Sie mir die Schlüssel, damit ich mich losmachen kann", sagte Eddy.

„Hältst du mich für blöd, oder was?", entgegnete Ichabod.

„Wir haben keine Zeit, jetzt darüber zu diskutieren. Geben Sie mir einfach nur die Schlüssel."

„Nein", sagte Ichabod.

„Oje", sagte Eddy. „Dann werden Sie richtig viel Ärger kriegen. Überlegen Sie doch mal – wem sollen Sie die Schlüssel geben, hat der Kaiser gesagt?"

„Auf deine Tricks fall ich nicht rein. Der Kaiser hat gesagt, ich soll niemandem den Schlüssel geben."

„Ganz genau“, sagte Eddy. „Wenn ich mich mal vorstellen darf – mein Name ist Horatio Niemandem. Ich bin Kaiserlicher Gefängnis-Kontrollbeauftragter. Meine Kollegen und ich sind hier inkognito unterwegs. Ich kann zu meiner großen Freude sagen, dass wir mit dem, was wir hier gesehen haben, mehr als zufrieden sind. Der Kerker ist schmutzig, die Ketten unbequem, die ganze Erfahrung hier wahrlich elendig – genau das, was wir uns für unsere Gefangenen vorstellen. Also, gut gemacht, Kerkermeister! Die Inspektion ist jetzt vorbei. Geben Sie mir jetzt die Schlüssel, dann können wir uns gleich auf den Weg machen und unseren Bericht schreiben.“

„Aber ich soll die Schlüssel doch niemandem geben.“ Ichabod hörte sich jetzt noch verwirrter an als sonst.

„Genau. Hier bin ich. Horatio Niemandem.“

„Beweisen Sie's“, sagte Ichabod. „Zeigen Sie mir Ihren Ausweis.“

„Ich hab doch keine Ausweispapiere dabei, wenn ich inkognito ermittle. Aber die anderen Beamten der Abteilung Gefängnis-Kontrolle können Ihnen meine Angaben bestätigen. Hier, bitte – sie sind direkt neben mir an die Mauer gekettet, Sie können sie gleich fragen.“

„Ach ja, stimmt, so ein glücklicher Zufall. Also, die Herrschaften – können Sie die Angaben dieses jungen Herrn bestätigen?“

„Aber ja“, antwortete die Crew. „Niemandem kann man hundertprozentig vertrauen, glauben Sie mir.“

„Dem kann ich nur beipflichten“, sagte der Käpt’n.

„Ich auch“, fügte der Pinguin hinzu.

Ichabods Gehirnzellen arbeiteten auf Hochtouren, man konnte es beinahe hören. Schließlich sagte er: „Freut mich, Ihre Bekanntschaft zu machen, Mister Niemandem.“ Und damit reichte er Eddy den Schlüsselbund.

Die meisten Schlüssel hatten kein Schild, aber Eddy brauchte trotzdem keine fünf Minuten durchprobieren, um den richtigen zu finden, mit dem sich die Ketten aufsperren ließen.

„Sie verraten dem Kaiser doch nichts über das kleine Missverständnis, oder?“, fragte Ichabod ängstlich, als Eddy ihm den Schlüsselbund wieder in die Hand drückte.

„Ich versichere Ihnen, von uns erfährt er keinen Ton“, versprach ihm Eddy. „Unser Einsatz ist absolut geheim. Deswegen möchten wir auch nicht, dass jemand sieht, wie wir jetzt verschwinden. Der Palast hat nicht zufällig einen Hinterausgang, oder?“

„Nur den Tunnel, der unter dem Burggraben hindurch bis zu einer Geheimtür im Wald führt“, sagte Ichabod. „Würde das vielleicht auch gehen?“

„Ja, das hört sich perfekt an“, sagte Eddy.

Ichabod führte die vier Freunde zu einem engen Seitengang. Nach wenigen Metern kamen sie an einer schweren Tür vorbei, die mit Metallstreifen verstärkt und mit einem riesigen Schloss gesichert war.

„Das ist die Schatzkammer“, erklärte Ichabod. „Der kaiserliche Befehl lautet: Ich darf niemandem Zugang dazu gewähren."

„Na dann ...", sagte Eddy und streckte die Hand aus.

Ichabod griff nach seinem Schlüsselbund und suchte den größten und schwersten Schlüssel heraus.

„Das ist er", sagte er.

26. Kapitel

In dem es viel um Mut und rosa Unterhosen geht

Eddy spürte den Rubinring in seiner Hosentasche. Er war das Einzige, was die Knusperkekser aus der Schatzkammer des Kaisers mitgenommen hatten. Der Käpt'n hatte nämlich Sorge gehabt, wenn sie nicht genau mit der geforderten Beute – nicht mehr, nicht weniger – zum Schiff zurückkämen, könnte die Karte vielleicht beschließen, sie hätten versagt, und die ganze Mission für gescheitert erklären.

Ichabod führte sie durch einen langen unterirdischen Gang. Nach ein paar Minuten erreichten sie eine hölzerne Tür, die dick mit Spinnweben verhüllt war und so aussah, als sei sie seit Jahren nicht mehr geöffnet worden. Mit einem Hammer aus dem Rucksack der Crew schlugen sie die zwei verrosteten Riegel beiseite, mit denen die Tür verschlossen war. Als sie die Klinke herunterdrückten, ächzten die Türangeln vorwurfsvoll, gaben dann aber doch nach und ließen die Tür aufschwingen.

Die frische Luft und das Sonnenlicht, die ihnen plötzlich entgegenströmten, waren für alle eine große Wohltat. Das heißt, für alle außer Ichabod, der erschrocken gegen die Helligkeit anblinzelte, einen langen schrillen Schrei ausstieß und dann hastig wieder unter der Erde verschwand.

Eddy trat als Erster auf die Waldlichtung hinaus, die sich vor ihnen auftat. Er freute sich schon darauf, Socken und Schuhe auszuziehen und nach all dem Schmutz und Elend endlich wieder barfuß über weiches Gras zu laufen ... Da ließ ihn plötzlich eine vertraute Stimme herumfahren. Der Rosinenritter François Cabernet Lalande-de-Pomerol!

„Ich hätte wissen sollen, dass ihr entkommen werdet, Käpt'n. Dass ihr nur so hilflos tut, um sie alle hereinzulegen. Hat der Kaiser hübsch wie ein gepiekstes Ferkelchen aufgequiekt, als ihr ihn überwältigt habt?"

„Nein, nicht so richtig", erwiderte der Käpt'n. „Was habt ihr denn hier zu suchen?"

„Wir sind gekommen, um euch zu retten. Aber wie dumm von uns zu denken, dass ihr überhaupt Hilfe braucht. Na ja, so viel haben wir ja gar nicht gemacht. Nur die hundert Stufen zum Palast wieder hochgeklettert, uns als glasierte Kirschen verkleidet, die hübscheste Küchenmagd des Kaisers überredet, uns auf zwei zuckerüberzogenen Muffins aus dem Palast zu schmuggeln, dem kaiserlichen Wildhüter eine Karte vom Wald gestohlen, den Ausgang des Geheimtunnels lokalisiert, an den unzähligen spitzzähnigen Biestern des Waldes vorbeigeschlichen und uns schließlich mehrfach gegen diese Tür geworfen, im edlen, aber leider vergeblichen Versuch, sie aufzubrechen."

„Oh, und das alles nur, um uns zu retten. Mut habt ihr, das muss man euch lassen“, sagte der Käpt’n.

„Natürlich, ihr seid doch unsere Kameraden“, sagte der Ritter.

„Ja, wirklich sehr mutig von euch“, sagte Eddy, nachdem ihm klar geworden war, dass die Rosinen sie im Palast gar nicht im Stich gelassen hatten.

„Besser alles riskieren und sterben denn als Feigling durchs Leben kriechen“, sagte der Ritter. „Vor allem, wenn man eine Gelegenheit hat, den Kaiser dabei zu ärgern – möge ein Hund ihm auf sein Frühstück niesen. Und es war ein großartiger Plan – wagemutig, abenteuerlich, erfindungsreich und romantisch ... Bis auf den Teil mit der Tür, das war einfach nur ätzend.“

„Aber jetzt müsst ihr schnell zurück zu eurem Boot“, sagte Plonque. „Die Wachen könnten jederzeit merken, dass ihr entkommen seid.“

„Hier geht’s lang“, fügte der Ritter hinzu. „Die linke Abzweigung des Pfades führt aus dem Wald hinaus.“

Eddy hatte das Gefühl, noch nie einen so blauen Himmel gesehen, so warme Sonnenstrahlen gespürt, so süß duftende Blumen gerochen zu haben. Sie waren dem Kaiser entkommen, dem Untier und dem Kerker, sie waren am Leben! Außerdem hatten sie den vierten und letzten Gegenstand eingesammelt, den die Karte gefordert hatte, und waren immer noch am Leben! Sie hatten bewiesen, dass sie würdig waren, den Schatz zu bekommen, und waren immer noch am Leben!

Er wäre gern vor Freude herumgehüpft, fürchtete aber, das könnte albern aussehen. Doch dann sah er, dass der Käpt'n längst vor Freude herumhüpfte, und fiel gleich mit ein.

Die Knusperkekser wären allerdings wesentlich weniger fröhlich gewesen, wenn sie gewusst hätten, was sich gerade auf der rechten Abzweigung des Pfades abspielte.

Ein zerfetztes Kuhkostüm lag achtlos im Gebüsch.

Zwei Männer in rosa Unterhosen standen mit dem Rücken an einem Baum – oder besser gesagt, waren an ihn gefesselt.

Um sie herum tänzelten johlend und höhnend einhundert bärtige Piraten.

Und mittendrin: Barracuda Bill. In seiner emporgereckten Hand blitzte eine silberne Pinzette in der Sonne.

„Haltet sie fest, Männer“, knurrte er. „Seit Tagen höre ich schon überall Geschichten von einer seltsamen Kuh, die sich auf den Inseln rumtreibt. Aber keiner konnte mir sagen, *was* die so treibt. Also, ihr beiden – verratet ihr mir jetzt euer Geheimnis, oder muss ich euch auch die Haare aus dem zweiten Nasenloch auszupfen?“

Die Männer in den rosa Unterhosen schluchzten.

„Ich halt das nicht mehr aus“, wimmerte der eine.

„Also gut, wir sagen dir, warum wir uns hier rumtreiben“,

schniefte der andere. „Aber leg bloß die Pinzette weg. Wir behalten die *Knusperkeks* bei ihrer Schatzsuche im Auge."

„Schatzsuche! Das führen die also im Schilde!", sagte Barracuda Bill, und sein heiles Auge blitzte. „Dann wird's wohl Zeit, dass wir ihnen wieder einen kleinen Besuch abstatten!"

27. Kapitel

In dem es Zeit wird für eine Reise nach Rocky Island

Nach ihrer Rückkehr auf die *Knusperkeks* erwartete die vier Freunde eine große Enttäuschung. Sie hatten der Karte den Rubinring mitgebracht, genau wie gefordert, aber auf der Karte tauchte nur ein einziges Wort auf: WARTEN. Eddy wurde einfach nicht schlau daraus. Vielleicht war die Karte ja kaputt?

Aber wie sollten sie eine magische Schatzkarte reparieren? Man konnte ja schlecht neue Batterien einlegen oder eine schiefe Taste ganz vorsichtig wieder zurechthämmern, wie sein Vater es mal beim Fernseher gemacht – und dabei den Bildschirm zerschlagen – hatte.

Eddy dachte daran, wie oft sein Vater ihn zum Lachen brachte. Manchmal sogar mit Absicht. Und wie oft seine Mutter einen Lachanfall bekam. Seit das Untier ihm fast den Kopf abgebissen hatte, dachte Eddy ziemlich viel an seine Eltern. Was sie jetzt gerade wohl taten?

„Kopf hoch!“, sagte die Crew. „Ja, ich meine dich und den Käpt’n. Macht doch nicht so ein langes Gesicht.“

„Ich hab wirklich versucht, besonders vorsichtig zu sein“, murmelte der Käpt’n. „Trotzdem hab ich uns alle in große Gefahr gebracht.“

„Ach, es hat doch alles geklappt, uns geht’s gut“, sagte die Crew. „Dank Eddys Klugheit.“

„Ähm …“, ging der Pinguin dazwischen. „Und nicht zu vergessen: dank des Fischgeruchs. Der hat dieses Untier doch davon abgehalten, uns aufzufressen. Und wer hat den ganzen Fisch gefangen? Meine Wenigkeit!“

„Wir sind eine Mannschaft“, sagte die Crew. „Und wie sagte der Rosinenritter so treffend: Wir stehen geschlossen hinter dir, Käpt’n.“

„Danke euch allen“, sagte der Käpt’n und hörte sich dabei schon ein kleines bisschen munterer an. „Aber wir müssen trotzdem wachsam bleiben und unsere Sinne zusammenhalten. Mal schauen, was die Karte uns als nächste Aufgabe gibt.“

„Immer noch nichts“, sagte Eddy mit Blick auf die Karte.

„Während wir warten, können wir uns ja genauso gut als eingeschworene Mannschaft bewähren“, beschloss der Pirat. „Pingwing, du hältst Wache. Crew, du behältst die Karte im Auge. Schiffsjunge, wir beide haben noch was zu Ende zu bringen. Ich geb nicht auf, bis ich nicht gewonnen hab. Also, wie viele Affen hab ich in der Tasche?“

Eddy entschied, es wäre wohl das Beste, die falsche Antwort zu geben und den Käpt’n gewinnen zu lassen. Hauptsache, das Spiel war endlich zu Ende.

„Elf“, sagte er hastig.

„Falsch!“, rief der Käpt’n. „Die richtige Antwort lautet: gar keinen. Haha! Ich wusste, irgendwann krieg ich dich!“

„Gut gemacht“, sagte Eddy. „Bevor du mir jetzt die Frage stellst, darf ich dir vielleicht einen Hinweis geben?“

„Nur zu“, erwiderte der Käpt’n. „Bei dem Spiel ist alles erlaubt.“

„Der Hinweis ist: Ich hab keinen Affen in meiner Tasche.“ Das würde hoffentlich reichen, um der Sache endgültig ein Ende zu bereiten.

„Raffiniert!“, sagte der Käpt’n und strich sich nachdenklich über den Bart. Ein paar gemurmelte Wortfetzen wie „Bluff“ und „Doppelbluff“ drangen an Eddys Ohren. Nach einer Weile sagte der Käpt’n dann: „Ja, so raffiniert wie ein Wiesel mit Sonnenbrille und aufgeklebtem Schnurrbart. Aber nicht raffiniert genug. Ich hab’s nämlich rausgekriegt! Ich glaube, du denkst, dass ich denke, dass du willst, dass ich denke, dass du gar keinen Affen in der Tasche hast. Aber ich denke, du hast nicht bedacht, dass ich bedenken würde, wie du denkst. Also denke ich nicht das, was du dachtest, dass ich denken würde, dass du denkst, was ich denke. Ich denke, ich denke genau das Gegenteil. Kapiert?“

„Äh … eigentlich nicht“, antwortete Eddy. „Das waren ein paar ‚denken‘ zu viel für mich.“

„Der langen Rede kurzer Sinn“, sagte der Käpt’n. „Ich denke, du hast drei Affen in der Tasche. Aha!“

„Hm hm." Eddy schüttelte den Kopf. „Ich hab gar keinen Affen in der Tasche."

„Echt nicht? Wie konnte ich mich bloß so täuschen?"

„Käpt'n, wie oft hast du dieses Spiel eigentlich schon gespielt?", fragte Eddy.

„Bestimmt hundert Mal. Tausend Mal."

„Und hatte überhaupt schon mal jemand einen Affen in der Tasche?"

„Bisher nicht", erwiderte der Käpt'n. „Aber nur ein Narr würde daraus schließen, dass es auch beim nächsten Mal keine Affen gibt."

Eddy dachte immer noch darüber nach, warum dieser Satz ihm gleichzeitig so dumm und so schlau vorkam, als plötzlich die Crew losschrie: „Die Karte hat unser nächstes Ziel ausgespuckt! Rocky Island! Außerdem ist jetzt ein großes schwarzes Kreuz auf der Karte!"

„Irgendwelche Anweisungen?", hakte der Pirat nach.

„Sie schreibt gerade. Da steht ... *K*. Oh, das war's schon, da kommt nichts mehr. Was soll das für eine Anweisung sein – *K*?"

„*K* wie Krummbart!", brüllte der Käpt'n. „Das Kreuz zeigt bestimmt an, wo sein Schatz begraben liegt! Perlen so groß wie Rosskastanien, Diamanten so groß wie Möweneier und Smaragde so groß wie richtig dicke Hamster."

„Laut Karte liegt Rocky Island direkt vor uns", sagte Eddy aufgeregt.

„Ich sage dem Pingwing, er soll aufmerksam Ausschau danach halten“, sagte der Käpt'n.

Aber da kreischte der Pinguin auch schon los: „Oi! Ich seh da was! Was Felsiges Rockiges Inseliges!“

„Ich hab doch schon mal gesagt, man muss ‚Land in Sicht!‘ rufen“, knurrte der Käpt'n.

„Aber …“

„Nix aber. Sag's noch mal, aber jetzt richtig …“

Ein schreckliches Scharren ließ ihn verstummen. Wie von Zauberhand blieb die *Knusperkeks* so abrupt stehen, dass alle an Bord vornüberfielen. Überrascht schauten sie sich um.

„Was war das denn?“ Eddy rappelte sich auf.

Die Stimme des Pinguins hallte übers Deck.

„Land in Sicht!“, rief er. „So nah in Sicht, wie es nur kommen konnte.“

Sie hatten Rocky Island gefunden. Vorsichtig gingen sie von Bord, kletterten über Felsen, die mit Tang und Seepocken übersät waren, und nahmen ihr Schiff dann von Land aus in Augenschein. Es war nicht auseinandergebrochen, aber fest und unverrückbar auf Grund gelaufen.

„Wir sind gestrandet!“, jaulte der Käpt'n. „Es stimmt also – der Schatz ist verflucht. Was nützen uns alles Gold und alle Edelsteine, wenn wir bis an unser Lebensende hier festsitzen?“

„Ich glaube, das sieht schlimmer aus, als es ist", sagte Eddy. „Schau doch mal – das Seegras an den Felsen wächst höher als die Stelle, wo das Schiff aufgelaufen ist. Und Seegras wächst nur da, wo auch das Meer ist. Also wird das Wasser bei Flut bestimmt viel höher steigen. Und dann schwimmt die *Knusperkeks* schnell wieder frei."

„Das hab ich mir auch schon gedacht", sagte der Käpt'n hastig. „Klar, so was weiß man doch. Gut überlegt, Schiffsjunge, und gut gesichtet, Ausguck. Irgendwann machen wir doch noch einen richtigen Piraten aus dir. Und jetzt los, Leute, wir müssen den Schatz finden!"

Die Crew zog mehrere Spaten aus ihrem Rucksack, den sie sich über die Schulter geschwungen hatte, und teilte sie aus.

„Ich fang bei dem großen Felsen da links an zu suchen", verkündete der Käpt'n. „Crew, du versuchst es auf der rechten

Seite. Pingwing, du beginnst bei den Steinen gleich neben dem Schiff, und Eddy, du guckst dir mal den kleinen Felsen an, der da drüben rausragt."

„Also, wenn du nichts dagegen hast, würde ich gleich hier anfangen zu graben", sagte Eddy. „Irgendwie hab ich bei der Stelle ein gutes Gefühl."

Er zeigte auf seine Füße. Sie standen direkt auf einem riesigen schwarzen Kreuz, das auf den Boden gemalt war.

28. Kapitel

In dem sich die Frage stellt, was das X denn nun genau markiert

Mit einem allgemeinen Aufschrei fingen sie alle an zu graben. Drei Spaten versanken im Boden, während der Pinguin daneben mit den Füßen scharrte und eine Fontäne aus Sand und Steinen hinter sich schleuderte. Immer tiefer und tiefer arbeiteten sie sich in die Erde hinein, bis schließlich der Spaten der Crew mit einem lauten KLONG auf etwas Hartes stieß.

Dann buddelten sie mit Händen und Flossen weiter, schaufelten die lose Erde weg und dann: Tadaa! Eine große Holztruhe. Auf dem Deckel prangte ein kleines Kupferschild. Es war von Sand und Salz stark angefressen, aber Eddy konnte die Aufschrift darauf dennoch entziffern: SCHAU REIN.

Keuchend richtete der Käpt'n sich auf.

„Krummbarts Schatztruhe!", stieß er hervor. „Ich möchte diesen Augenblick genießen. Gleich werden wir reicher sein, als wir es uns in unseren kühnsten Träumen nicht hätten vorstellen können."

„Bist du sicher?", fragte der Pinguin. „Wenn's um Reichsein geht, können meine Träume nämlich seeeehr kühn werden."

Gemeinsam hoben sie den Deckel an. Zentimeter für Zentimeter gab er nach und ließ sich bewegen.

„Gleich haben wir's!", rief der Käpt'n. Ein letzter Ruck noch, dann war die Truhe offen. Mit angehaltenem Atem spähten die Freunde hinein. Doch statt der erwarteten Goldmünzen und kostbaren Juwelen schimmerte auf dem Boden der Truhe nur ein kleiner mattbrauner Ziegelstein im schwachen Licht.

„Verflixtes Doppelgemoppel!", stieß der Käpt'n hervor.

„Das ist nicht der richtige Augenblick, um deine Gewichtsprobleme zu besprechen", sagte der Pinguin.

„Nein", wehrte der Pirat ab. „Ich meine, die Truhe muss einen doppelten Boden haben. Unter dem ersten hier ist bestimmt ein Geheimfach, in dem der echte Schatz versteckt ist."

Er warf den Ziegelstein achtlos über die Schulter und stieß seinen Spaten durch den Boden der Truhe. Mehrere Stöße und viel Gesplitter später klaffte dort ein großes Loch. Und darunter ... Sand.

„Nix mit doppeltem Boden", sagte der Pinguin.

„Das versteh ich nicht", brummte der Käpt'n. „Wo ist denn dann Krummbarts Schatz?"

„Moment mal", sagte Eddy. „Wo ist der Ziegelstein von eben?"

Er fand ihn, hob ihn hoch und schnupperte daran. Der Geruch kam ihm vertraut vor. Aber woher ...?

Oh nein. Eddys Magen verkrampfte sich.

„Käpt'n", sagte er. „Hilf mir mal auf die Sprünge. Was hat dich auf die Idee gebracht, nach Krummbarts Schatz zu suchen?"

„Mein Traum", erklärte der Käpt'n. „Ich hab im Traum seinen Namen in den Himmel geschrieben gesehen."

„Und wie genau war er geschrieben?"

„Ich weiß noch, da waren ein großes K und ein paar ms und ein b ...", erinnerte sich der Käpt'n. „Und am Schluss irgendwas mit r und t."

„Verstehe", sagte Eddy. „Alles Buchstaben, die in Krummbart vorkommen. Aber auch in ... Kümmelbrot." Er hielt den mattbraunen Ziegelstein, der eigentlich gar keiner war, hoch. „Das Wort, das du am Himmel gesehen hast, war nicht Krummbart, sondern Kümmelbrot."

Der Käpt'n trat unbehaglich von einem Fuß auf den anderen.

„Oh", sagte er. „Aha."

„Die Karte hat uns nie zu einem Schatz geführt", schlussfolgerte Eddy traurig.

„Oje, das ist wirklich ein bisschen enttäuschend", sagte die Crew. „Aber zumindest haben wir ein wunderbares Abenteuer erlebt."

„Wieso musst du in allem immer nur das Gute sehen?", stieß der Pinguin hervor. „Mich zieht das total runter."

„Es gibt wirklich Schlimmeres", sagte der Käpt'n, der knallrot angelaufen war. „Ich meine, zum Beispiel ... ach, keine Ahnung, mir fällt kein Beispiel ein. Es gibt nichts Schlimmeres. Ich mag Kümmel noch nicht mal."

„Da hat jemand wohl einen merkwürdigen Sinn für Humor", sagte die Crew. „Diese magische Karte zu basteln und sich die ganzen Aufgaben einfallen zu lassen und diese Truhe zu vergraben ... Ganz schön viel Aufwand für einen Klumpen Kümmelbrot."

„Stimmt", sagte Eddy. „Echt seltsam. Außer vielleicht ... wir haben etwas übersehen."

„Zum Beispiel?", fragte die Crew. „Auf der Plakette stand doch, man soll reinschauen. Und das haben wir gemacht."

„Aber vielleicht haben wir nicht richtig geschaut. Ich frage mich ..." Auf einmal sprang Eddy auf, schleuderte den Kümmelbrotbackstein zu Boden und rammte dann einen Spaten so fest wie möglich hinein.

Der Lebkuchen zersprang in eine Million Krümel. Und ein einziges anderes Ding.

„Da!", rief Eddy. „Da war ein Zettel mit eingebacken!"

Er hob das Stück Papier auf. Dort stand etwas geschrieben, in einer hübschen, sauberen, altmodischen Handschrift.

„Das war also das, was wir eigentlich finden sollten", sagte Eddy, strich das Papier glatt und wischte die Krümel beiseite. „Das ist ein Gedicht. Es lautet ..."

Der letzte Hinweis! Man sagt nicht umsonst,
wer zuletzt lacht, lacht am besten.
Nun eile, oh Reisender, zurück auf dein Schiff
und segle zwölf Meilen nach Westen.

Dort liegt eine Insel, klein und schön,
da musst du gar schleunigst hin.
Denn dorten erwartet dich endlich der Lohn,
auf den du gehofft seit Beginn.

So bring deine Beute gesammelt dahin,
Pralinen, Gedicht, Ring und Blüten,
zum großen Palast, den tausendundein
hochmächtige Türme behüten.

Hast du's kapiert? Na, dann los, aber schnell!
Beeil dich und mach bloß nicht kehrt.
Es wird höchste Zeit, denn jetzt ist er dein,
der Schatz von unfassbarem Wert!

„Der Schatz von unfassbarem Wert“, wiederholte der Käpt’n. „Das ist Musik in meinen Ohren.“

„In meinen auch“, sagte Eddy. „Dann haben wir mehr als genug, um das Haus meiner Großmutter zu retten.“

„Ach, was soll’s. Ob nun Krummbart oder nicht – am Ende wird bestimmt alles gut, und das ist doch die Hauptsache.“

„Wieso sagst du das?“, ging der Pinguin dazwischen. „Damit beschwört man doch nur Ärger herauf.“

„Halt endlich den Schnabel, Pingwing, und hör auf, so ein Miesepeter zu sein“, sagte der Käpt’n.

BUMM!
BUMM!
Was ham wir vor?

„Habt ihr das auch gehört?“, fragte Eddy.

BUMM!
BUMM!
Wo wolln wir hin?

„Nee“, antwortete der Käpt’n.

BUMM! BUMM!

Sind wir schon da?

„Oh“, sagte der Käpt’n.

„Hab ich’s nicht gesagt?“, krächzte der Pinguin.

„Vielleicht sehen sie uns ja nicht“, sagte die Crew. „Und selbst wenn – vielleicht wollen sie ja gar nichts von uns.“

„Heyoooooooo, ihr mickerigen Knusperkekser!“, brüllte Barracuda Bill. „Ich krieg euuuuuuch!“

„Aber auf mich hört ja keiner“, sagte der Pinguin.

29. Kapitel

In dem alle sterben

„Na denn“, sagte der Käpt'n. „Das Wichtigste ist, dass wir alle RUHIG BLEIBEN!!!!!!!“

„Setz du dich erst mal schön hin und versuch mit dem Zähneklappern aufzuhören, Käpt'n Schätzchen“, sagte die Crew. „Ich hab den Großen Frost von 1963 überlebt, die Große Flut von 1974 und die Große Klopapier-Knappheit 1982. Dann werde ich das hier wohl auch überleben. Wir müssen nur konzentriert überlegen, welche Möglichkeiten wir haben.“

„Abhauen können wir schon mal nicht“, sagte Eddy, „weil unser Schiff ja auf Grund gelaufen ist. Verstecken fällt auch flach, weil die Insel ein einziger nackter Felsen ist. Und kämpfen können wir auch nicht, weil wir nicht kämpfen können.“

„Sehen wir der Wahrheit ins Auge“, fasste der Pinguin zusammen. „Wenn Barracuda Bill uns angreift, sind wir erledigt.“

„Was also bedeutet, dass wir ihn dran hindern müssen, uns anzugreifen“, sagte die Crew.

„Vielleicht könnten wir ihn ja irgendwie abschrecken“, schlug Eddy vor. „Was, wenn wir krank wären? In meinem di-

cken Buch über Schiffe stand, dass Piraten Riesenangst davor haben, sich tödliche Krankheiten an Bord zu holen."

„Dein Überlebensplan besteht also darin, dass wir uns eine tödliche Krankheit einfangen?", sagte der Pinguin. „Bin ich der Einzige, dem das ein kleines bisschen unlogisch vorkommt?"

„Wir müssen uns die Krankheit nicht wirklich einfangen", erklärte Eddy. „Wir müssen ihnen nur einreden, wir hätten sie. In meinem Buch gibt's ein Bild von einem Schiff mit einer riesigen gelben Flagge, als Warnung für die anderen Schiffe, sich fernzuhalten. Also brauchen wir jetzt erst mal was großes Gelbes."

„Das Gemälde meiner Tante!", rief die Crew. „Da, wo das Taj Mahal sein soll, sind ein paar lila Kleckse, aber ich glaube, aus der Ferne sieht man die nicht."

„Super!", sagte Eddy. „Hol es aus der Kapitänskajüte, und wir hieven es auf den Fahnenmast hoch. Und dann müssen wir eine Show für die Piraten auf die Beine stellen. Wir brauchen jemanden, der überzeugend schauspielern kann. Pinguin, ich glaube, das wird deine große Stunde!"

Der Käpt'n hing über dem Steuerrad und spielte toter Mann. Die Crew lag, alle viere von sich gestreckt, auf dem Deck, genau wie Eddy ein Stück weiter, der die Augen geschlossen und die Zunge aus dem Mund heraushängen hatte.

„Enterkommando, haltet die Enterhaken bereit!", erklang Barracuda Bills Stimme bedrohlich nahe.

Eddy zog ein Augenlid einen Millimeter hoch und spähte hinaus. Die *Aasfresser* war nun schon längsseits neben der *Knusperkeks*. Und damit auch zwei Dutzend der bulligsten, bärtigsten, bewaffnetsten Piraten, die man auf seiner persönlichen Will-ich-nie-treffen-Liste haben könnte, die jetzt aber angriffsbereit an der Reling standen.

Vielleicht hatte der Plan mit der falschen Krankheit versagt?

„Enterkommando, lasst die Enterhaken fliegen!"

Oje, sie kamen! Es gab kein Entrinnen.

„Gelbe Flagge!", brüllte da auf einmal eine Stimme. Endlich hatte jemand die Warnflagge entdeckt. „Die haben das Fieber an Bord!", „Halt, Jungs!", „Ich seh da eine Leiche!", „Da, noch eine!", überschlugen sich die Stimmen der Piraten. Enterhaken wurden scheppernd aufs Deck der *Aasfresser* fallen gelassen.

Es funktioniert, dachte Eddy, dem die Furcht in den Stimmen nicht entgangen war.

Aber dann knurrte Barracuda Bill los. „Wollt ihr milchgesichtigen, mimösigen Mamisöhnchen etwa auf den ältesten Trick der Welt hereinfallen? Ich wette, wenn diese angeblichen Leichen eure Stiefel zu spüren kriegen, sind sie plötzlich quicklebendig. Einen Golddukaten für den Kerl, der mir beweist, dass ich recht habe!"

Da wechselte der Tonfall seiner Mannschaft ganz schnell, und schon trat ein besonders bulliger, besonders bärtiger, besonders bewaffneter Pirat nach vorn. „Ich sage, der Käpt'n hat recht!", grölte er. „Ich werd mir den Dukaten verdienen und gleich mal ein paar Schädel knacken. Geht mir aus dem Weg, Jungs, ich mach das allein!"

Oh nein, dachte Eddy. Jetzt sind wir geliefert.

Doch dann erklang dicht hinter ihm ein mitleiderregendes Stöhnen und heiseres Husten. Der Pinguin taumelte nach vorne.

„Tot!", jaulte er. „Alle tot – und ich werd wohl auch nicht mehr lang auf dieser Welt weilen! Ohhhhh! Wieso gerade ich? Ich bin noch zu jung und zu gut aussehend und einfach rundum zu brillant, um zu sterben!"

Er wankte kreuz und quer übers Deck, dann riss er plötzlich eine Flosse in Richtung der *Aasfresser* hoch, einen Ausdruck des Entsetzens im Gesicht.

„Ohhhhhhh! Vorsicht, wir haben das Fieber an Bord! Das fürchterliche Fieber, das elende Kopffleckwegfieber! Bleibt fern, sonst zerrt es euch auch noch in den Tod!"

Er stieß zwei heisere Schreie aus: „Das Grauen! Das Grauen!" Dann wirbelte er ein letztes Mal auf einem Fuß herum, brach zusammen und blieb still und reglos liegen.

An Bord der *Aasfresser* war es totenstill – kein Laut, kein Flüstern ... Bis dann doch einer eine Nadel fallen ließ, die man hören konnte.

„Hm, so, wie's aussieht, sind die wirklich krank", sagte Barracuda Bill. „Lasst uns von hier verschwinden."

Wir haben's geschafft, dachte Eddy und lobte den Pinguin im Geiste für seinen Auftritt.

Aber dann ...

„Und nun, meine sehr verehrten Damen und Herren ..."

Der Pinguin! Was zum ...?

„Was gibt man einem Fisch, der keine Ohren hat?"

„Du blöder Vogel!", rief der Käpt'n. „Jetzt hast du alles kaputt gemacht!"

Oh nein.

Johlend und schnaubend und die Enterhaken schwingend strömten die Piraten von der *Aasfresser* auf die *Knusperkeks* herüber.

„Ich musste einfach eine Zugabe drauflegen", verteidigte sich der Pinguin. „Ich hatte das Publikum in der Hand. Wie gebannt folgten sie meiner Vorstellung. Der Traum jedes Schauspielers!"

„Und jetzt kommt der Albtraum jedes Seemanns!", gab der Käpt'n zurück.

Barracuda Bill!

„Zeit zum Abschiednehmen!", krächzte der kahl werdende Papagei auf seiner Schulter und gackerte boshaft. Bill beugte sich so tief herab, dass er Auge in Auge mit Eddy war und Eddy die in seinem struppigen roten Bart herumhüpfenden Flöhe sehen konnte. Barracuda Bill öffnete den Mund und gab den Blick auf zwei Reihen langer, scharfer Zähne frei.

„Hallo, Herzilein", knurrte er.

30. Kapitel

In dem die Karotte die Hauptrolle spielt

„Mit wem wollen wir anfangen?“, fragte Barracuda Bill. „Ein kleiner Junge, eine alte Frau, eine komische schwarz-weiße Ente und ein mickriger Pirat …“ Er starrte den Käpt’n stirnrunzelnd an. „Dass du eine Karotte auf der Schulter hast, weißt du, oder?“

„Und du hast den Rücken voller Papageienkacke“, gab der Käpt’n zurück, und der Papagei ließ krächzend eine neue feuchte Ladung auf Barracuda Bills Mantel klatschen. „Polly will eine Nuss!“

„Aua!“, keifte Barracuda Bill, als der schlecht gelaunte Vogel ihm dazu noch ins Ohrläppchen kniff.

„Damit das klar ist, ich bin keine Ente“, begann der Pinguin.

„Wenn ich sage, du bist eine Ente, dann bist du eine Ente, kapiert?“, sagte Barracuda Bill.

„Quack!“, schnatterte der Pinguin.

„Ich hab gehört, ihr seid einem Schatz auf der Spur“, fuhr Barracuda Bill fort. „Also, wir können das jetzt auf die sanfte oder die harte Tour machen.“

„Auf die sanfte, bitte. Quack!“, flehte der Pinguin.

„War ein Witz – ich mach's immer nur auf die harte Tour. Habt ihr ne Ahnung, wie ich euch dazu bringen werde, mir zu verraten, wo der Schatz ist?“

Doch bevor er seinen schauerlichen Plan erörtern konnte, flog die Tür zur Kapitänskajüte auf, und zwei bullige Piraten stampften mitsamt der Seetruhe an Deck.

„Wir haben ihn gefunden, Skipper“, verkündete einer von ihnen munter.

Barracuda Bill schien weniger begeistert.

„Himmel, Aas und Zwirn!“, schrie er. „Jetzt hab ich noch nicht mal angefangen, mit den Heinis hier zu spielen, und ihr schleppt schon die Schatztruhe an! Wo bleibt da der Spaß?“

„Schulligung, Skipper“, sagte der erste Pirat.

„Das hier haben wir auch noch gefunden“, fügte der zweite hinzu und zog die stumme Flöötenblööte aus seiner Tasche. „Wir könnten die Truhe auch noch mal verstecken, und du suchst sie dann.“

„Nein, nein“, wehrte Barracuda Bill ab. „Wäre einfach nicht mehr dasselbe. Aber, na ja, gucken wir mal, was sie da so alles angesammelt haben.“ Mit einem Hieb seines Entermessers schlug er beide Schlösser durch, klappte den Deckel auf und stöberte in der Truhe herum.

„Der Rubinring ist nicht schlecht, aber der Rest ... nur Unrat. Aber was will man von einem Haufen Amateure auch anderes erwarten?“

Doch dann fiel ihm der kleine Zettel ins Auge, den sie im Kümmelbrotbackstein gefunden hatten. Der lugte nämlich aus Eddys Tasche heraus – und dann schon nicht mehr.

„Aha!", rief Barracuda Bill aus, nachdem er ihn auseinandergefaltet hatte. Und: „Oho!", nachdem er das Gedicht gelesen hatte. „Das hört sich doch schon viel besser an. Ein Schatz von unfassbarem Wert. Ist also doch nicht alles nur wertloser Unrat. Ich nehm den Zettel hier mit – und den ganzen Rest auch gleich."

„Das ist aber ungerecht!", rief Eddy. „Wir hatten die ganze Arbeit, und jetzt kommt ihr daher und klaut uns alles!"

„Erzähl das deiner Großmutter", sagte Barracuda Bill.

„Aber genau für die brauchen wir den Schatz doch!", sagte Eddy. „Um ihr Häuschen vor dem Verfall zu retten."

„Du vergeudest nur deine Atemluft", knurrte Barracuda Bill. „Die Geschichten höre ich ständig. Wir brauchen neue Segel. Das Waisenhaus braucht ein neues Dach. Mein Welpe hat ein Wehwehchen an der Pfote. Kenn ich alle – gehen mir alle am Allerwertesten vorbei. Drüber lachen kann ich später immer noch."

„Du warst schon immer ein Stinkstiefel", sagte der Käpt'n.

„Hey, der mickrige Pirat kann ja sprechen! Und woher willst du das wissen?"

„Er weiß sehr vieles", erwiderte Eddy. „Und er ist kein mickriger Pirat, sondern ..."

„Nicht", versuchte der Käpt'n dazwischenzugehen.

„… der berühmte Kapitän Fieser Mieser Olle McScholle.“

„Jetzt hast du’s doch gesagt“, stöhnte der Käpt’n.

„McScholle?“, wiederholte Barracuda Bill. „Hm, da klingelt was bei mir. Ich hab mal einen McScholle gekannt, aber der war kein Kapitän. McScholle … Wer war das gleich noch mal? Oh, ich glaub, jetzt weiß ich’s wieder. Das war so ein Verkäufer in einem schäbigen Kaff namens Piratenbucht. Ein selten dämlicher Trottel. Konnte noch nicht mal die Kundenbestellungen richtig ablesen. Einmal wollte ich weiße Bohnen haben und hab stattdessen eine heiße Zitrone gekriegt. Ein andermal bestelle ich eine Forelle und bekomme eine Frikadelle. Und ein drittes Mal wollte ich Kartoffeln und Papageienfutter haben, und man servierte mir stattdessen Karotten mit Paprikabutter. Was wohl aus dem Hohlkopf geworden ist …? Moment mal! Karotten …“

Er stierte mit seinem einen heilen Auge auf das orange Gemüse auf der Schulter des Käpt’ns. Dann hob er seine Augenklappe an und stierte auch mit dem kaputten Auge darauf.

„Du bist das, stimmt’s? Du bildest dir ein, so ein jämmerlicher Wurm wie du könnte einen Kapitän abgeben? Kein Wunder, dass du mit so einem abgeranzten alten Kutter unterwegs bist. Kein Wunder, dass die Nussschale hier auf die Felsen geknallt ist. Kein Wunder, dass du niemand anderen als diesen erbärmlichen Haufen Witzfiguren anheuern konntest.“ Der Käpt’n starrte auf seine Stiefel hinunter.

„Du bist kein Pirat, McScholle. Du bist nicht echt, du bist nur echt schlecht." Barracuda Bill grölte heiser. Dann steckte er die Flöötenblööte in die Tasche, klemmte sich den Zettel zwischen die Zähne und die Truhe unter den Arm, schnappte sich ein Tau und schwang sich zurück auf sein Schiff. Seine Mannschaft folgte ihm.

Und die Knusperkekser konnten nur hinterherschauen, als die *Aasfresser* sich unter lautem Bumm! Bumm! wieder entfernte.

„Das lief ja glimpflicher ab als gedacht", sagte der Pinguin.

Eigentlich wollte Eddy die Antwort gar nicht hören, aber er konnte nicht anders, er musste die Frage einfach stellen.

„Stimmt das? Bist du in Wirklichkeit gar kein Pirat?"

„Ich hab viele, viele Jahre im Laden hinterm Tresen gestanden", erwiderte der Käpt'n. „Ständig kamen die alten Seebären rein, mit ihren Geschichten von exotischen Inseln und kostbaren Schätzen und aufregenden Abenteuern. Nicht, dass sie je mit mir gesprochen hätten. Nein, ich war nur der Niemand in der Ecke. Ich hab immer davon geträumt, einmal genau wie sie in See zu stechen. Und dann träumte ich eines Nachts, dass ich wirklich in See stechen würde, und am nächsten Morgen bin ich in deiner Badewanne aufgewacht und ... den Rest kennst du ja."

„Dann bist du wirklich nicht echt", sagte Eddy traurig.

„Der Miese Fiese Olle McLoser", murmelte der Käpt'n. „Ja, das bin ich."

„Aber ich hab dir vertraut! Ich hab dir geglaubt, dass wir den Schatz finden würden, um das Häuschen meiner Großmutter zu retten. Ganz schön blöd von mir, denn dazu wird es wohl nicht kommen, was, Käpt'n McLoser?"

„Da hast du wohl recht."

Eddy drehte sich der Magen um. Noch vor einer Stunde war er Mitglied einer Piratenmannschaft gewesen, die einem Schatz auf der Spur war. Und jetzt saß er hier fest, mit einem lächerlich verkleideten Betrüger vor sich, und der Schatz war auf Nimmerwiedersehen in den Händen eines bösartigen Wahnsinnigen, der längst über alle Meere war. Diese ganze Reise war eine einzige riesige Zeitverschwendung gewesen. Und nun war sie sowieso vorbei.

„Ich komm mir vor, als hätte jemand meine ganzen Träume zerschreddert und in eine Pfütze geschmissen und wäre mit Gummistiefeln drauf rumgetrampelt, bis davon nichts mehr übrig war als Matschepampe. Du hast mir versprochen, du bringst mir bei, ein Pirat zu sein, dabei hast du selbst keine Ahnung davon. Du kannst nichts anderes, als deine blöde Karotte spazieren tragen und uns in Schwierigkeiten bringen!"

Damit stapfte er über das Deck der gestrandeten *Knusperkeks* davon.

„Das war jetzt aber ein bisschen zu streng", rief die Crew ihm hinterher.

„Nein, war's nicht", sagte der Käpt'n. „Ich hab's verdient. Ich hab ihn doch wirklich enttäuscht. Er hat an mich geglaubt.

Das hat vorher noch nie jemand getan. Aber ich hab so getan, als wäre ich jemand anderer."

„Hast du nicht mal gesagt, auf See kann man sein, wer auch immer man sein will?", wandte die Crew ein. „Schau mich doch mal an. An Land war ich nur die schrullige alte Dame mit dem Trödelladen. Aber hier bin ich die Crew, die allem die Stirn bietet, was sich ihr in den Weg stellt. Wen interessiert das schon, wer du an Land gewesen bist? Hier und jetzt hast du ein Schiff und eine Schatzkarte und einen Traum, dem du folgen musst. Mehr braucht man doch nicht, um ein Pirat zu sein. Aber wenn du willst, dass Eddy wieder an dich glaubt, dann musst du erst mal anfangen, an dich selbst zu glauben."

„Fast war ich so weit", erzählte der Käpt'n. „Ganz am Anfang, als wir losgesegelt sind. Aber dann wurde alles immer komplizierter ... Und gefährlicher. Und ich bekam irgendwie gar nichts mehr auf die Reihe."

„Und trotzdem sind wir jetzt hier, alle heil und am Leben. Nur wer nie was wagt, macht auch nie Fehler. Aber was ist das für ein Leben? Ein Leben, das sich immer in seinem dunklen Loch verkriecht. Jetzt reiß dich mal zusammen! Der Kapitän der *Knusperkeks* – der bist du jetzt! Wenn du eine Karotte auf der Schulter tragen willst, dann trägst du eben eine Karotte auf der Schulter. Du musst sie nur stolz erhobenen Hauptes tragen."

„Meinst du wirklich, dass ich es schaffen kann?", fragte der Käpt'n.

„Glaubst *du*, dass du es schaffen kannst?“, gab die Crew zurück.

Der Käpt’n blickte eine Weile aufs Meer hinaus. Dann rückte er die Karotte zurecht, reckte die Brust vor und rief: „Schiffsjunge!“

Eddy wirbelte herum.

„Wir werden nicht zulassen, dass Barracuda Bill damit durchkommt. Den Kerl schnapp ich mir!“

„Augenblick mal“, wandte der Pinguin ein. „Bist du sicher, dass das eine vernünftige Idee ist?“

„Nein, ganz im Gegenteil, ich bin sicher, dass das keine vernünftige Idee ist. Vernünftig ist, jeden Tag von morgens bis abends in einem Laden zu schuften und sich rumschubsen zu lassen. Aber seit wann kümmert sich ein Piratenkapitän um Vernunft? Was haben die Rosinen gleich noch mal gesagt? Besser alles riskieren und sterben denn als Feigling durchs Leben kriechen.“

„Ich will aber nicht, dass du stirbst“, sagte Eddy. „Egal was du getan hast …“

„Dann komm mit mir. Ich bin mir sicher, wir können dein schlaues Köpfchen gut gebrauchen, wenn wir uns den Schatz schnappen wollen, um die Hütte deiner Großmutter zu retten. So, wie ich’s dir versprochen habe.“

Eddy dachte daran, wie Barracuda Bill sie verhöhnt hatte. Mit welchem Recht hatte er ihnen alles gestohlen, worum sie so hart gekämpft hatten? Schließlich hatten Eddy und seine

Freunde bisher alle Herausforderungen bestanden – vielleicht würden sie diese letzte Aufgabe auch noch meistern.

„Okay“, sagte Eddy. „Ich bin dabei.“

„Das ist die richtige Einstellung.“

„Aber das heißt noch lange nicht, dass alles wieder gut ist.“

„Schon klar“, sagte der Käpt’n. „Sobald die Flut uns von diesem Felsen wegbringt, segeln wir zwölf Meilen Richtung Westen. Ich muss nur noch überlegen, was wir machen, wenn wir dort angekommen sind.“

31. Kapitel

In dem es zwölf Meilen Richtung Westen geht

„Ein Palast mit tausendundeinem Türmen", sagte der Käpt'n. „Den sollen wir finden, so hieß es doch in dem Gedicht. Kann ja kaum zu übersehen sein."

Zwölf Meilen westlich von Rocky Island waren die Knusperkekser wieder auf Land gestoßen. Sie waren mit dem Ruderboot hingefahren und hatten dieses dann in einer abgeschiedenen Bucht sicher festgemacht. Doch jetzt konnten sie, egal wohin sie blickten, nichts anderes entdecken als Sand und Palmen. Viele, viele Palmen.

„Wartet hier, ich geh mal gucken, ob es da einen Weg hindurch gibt", sagte der Käpt'n und verschwand zwischen den dicken Stämmen.

„Dem geht's gar nicht gut", wandte die Crew sich an Eddy. „Er hat ein schlechtes Gewissen, weil er meint, er hätte dich enttäuscht."

„Hat er doch auch. Er hat uns alle enttäuscht. Seit wir losgesegelt sind – was hat er da schon groß getan, außer eine Sache nach der anderen zu vermasseln?"

„Ich kann dir sagen, was er getan hat, Schätzchen. Sein Bestes. Und mehr kann man von niemandem erwarten."

„Aber warum musste er uns so anlügen, von wegen Piratenkapitän und so?"

Die Crew stieß einen langen, tiefen Seufzer aus. „Ich glaube, er hat sich da einfach in was verrannt ... Er hat uns die Geschichte von einem Mann erzählt, der er gerne wäre, weil ihm die eben besser gefiel als die Wirklichkeit. Das geht ganz vielen Leuten so. Wenn du Glück hast, passiert dir das nie. Vielleicht kommst du nie in Versuchung, Dinge über dich selbst zu erfinden, die ein bisschen mehr sind als die Wahrheit. Vielleicht läuft in deinem Leben alles genau nach Plan, und du wirst zu dem Menschen, der du werden wolltest. Aber dann wärst du die eine Ausnahme unter Millionen von Menschen, bei denen es nicht so glattläuft."

„In meinem Leben ist doch schon alles schiefgelaufen", wandte Eddy ein. „Meine Eltern haben mich doch über den Sommer nach Tidemark Bay geschickt, weil sie keine Zeit haben, sich um mich zu kümmern."

„Und meinst du, sie hatten sich ihr Leben so vorgestellt? Dass sie sich vor lauter Arbeit gar nicht mehr um ihr Kind kümmern können? Deine Eltern tun bestimmt auch nur ihr Bestes. Das machen die meisten Leute. Auch wenn alles schiefläuft, versuchen sie das Beste draus zu machen. Genau wie unser Käpt'n jetzt – er tut sein Bestes, um rauszufinden, wie wir diesen Barracuda Bill überlisten können. Wenn wir Pech haben und er das nicht hinkriegt, könnte es ganz schön übel werden. Er braucht dich, Eddy. Er braucht dich an seiner Seite."

Da drang die Stimme des Käpt'ns auf einmal zwischen den Palmen hervor.

„Blöde, bescheuerte Bäume!", dröhnte er und senkte dann die Stimme. „Ähm ... was haben wir denn da? Na, so was ..."

Schon kam er zwischen den Palmen rausgestiefelt, wobei er an einer seiner Taschen herumnestelte.

„Hast du einen Weg gefunden?", fragte die Crew.

„Nein", antwortete der Käpt'n. „Der Dschungel ist ein einziges Durcheinander."

„Würdet ihr uns freundlicherweise folgen?", erklang da plötzlich eine Stimme. Sie gehörte zu einem vornehmen grauhaarigen Herrn, der gerade zwischen den Palmen hervortrat. Im Gesicht trug er ein freundliches Lächeln, am Körper einen überraschend rosafarbenen Anzug. Zwei Begleiter in ähnlichem Alter und ähnlichen Anzügen standen rechts und links von ihm.

„Wir sind gekommen, um euch zum Ziel eurer langen Reise zu bringen."

„Woher wisst ihr von unserer Reise und was unser Ziel ist?", fragte der Käpt'n.

„Wir wissen alles. Seit die Karte aktiviert wurde, hat unser Kuh-Spionage-Sondereinsatz-Kommando euch im Auge behalten. Allerdings haben wir vor Kurzem den Kontakt zu ihnen verloren. Wir haben Sie schon erwartet, Käpt'n McScholle. Und natürlich euch anderen ebenso, Crew, Eddy und Pinguin."

„Und wer bitte sind Sie?", fragte der Käpt'n.

„Mein Name ist Nicht Wichtig."

„Macht nix", beharrte der Käpt'n. „Wir würden trotzdem gern wissen, mit wem wir es zu tun haben."

„Habe ich doch gerade gesagt", sagte der Mann lächelnd. „Ich bin Nicht Wichtig."

„Das stimmt", ging der Mann zu seiner Rechten dazwischen. „Er heißt Nicht Wichtig, ich heiße Dich Hat Keiner Gefragt, und mein Kollege hier ist Halt Die Klappe Und Geh Wieder An Die Arbeit. Sie gibt allen solche Namen."

„Und wer ist sie?", fragte Eddy.

„Na, die Wunderschöne Prinzessin Ermintrelda, wer sonst?", erwiderte Halt Die Klappe.

„Dann hat diese Prinzessin hier also das Sagen?", fragte der Käpt'n.

„Ja, allerdings", erklärte Nicht Wichtig.

„Über den Schatz von unfassbarem Wert bestimmt sie auch?"

„Oh ja. Und sie wird euch im Palast empfangen. Hier entlang, bitte."

Nicht Wichtig führte die Knusperkekser am Strand entlang bis zu einer Lücke zwischen den Palmen.

„Hast du schon entschieden, was du tun willst, wenn wir da sind?", raunte die Crew dem Käpt'n zu.

„Noch nicht.“ Er tippte sich an die Stirn. „Ich arbeite noch dran. Hoffentlich beeil ich mich damit.“

Die Lücke war der Zugang zu einem Pfad, der sich stetig nach oben wand, bis er schließlich in eine weite, grasbewachsene Hügelkuppe mündete. Im Tal dahinter ragte ein riesiger Palast auf, dessen grellweiße Mauern in der Nachmittagssonne vor dem Hintergrund der grünen Felder aufblitzten. Dutzende Türme ragten um den Palast herum empor, verzweigten sich zu unzähligen Türmchen, Kuppeln, Zinnen und Spitzdächern.

Ihre schrägen, mit farbigen Ziegeln gedeckten Dächer und ihre grellbunten Fahnen und Wimpel schillerten mit dem strahlend blauen Himmel um die Wette.

„Wow", sagte Eddy. „Das ist ja der Wahnsinn."

„Wunderschön", fügte die Crew hinzu.

„Wunderschön!", wiederholte der Käpt'n. „Das ist es! Jetzt weiß ich, was wir tun müssen. Wir sollen doch gleich eine wunderschöne Prinzessin treffen, stimmt's? Und wie jeder weiß, sind wunderschöne Prinzessinnen immer gütig und liebreizend. Das gehört zu ihrem Job. Also – wenn ich ihr erzähle, dass wir alle Aufgaben erfüllt haben, aber Barracuda Bill uns die ganzen Sachen geklaut hat, wird sie garantiert entscheiden, dass der Schatz rechtmäßig uns zusteht, und ihn uns geben."

„Ist er schon da?", wandte sich Eddy an Nicht Wichtig. „Barracuda Bill, meine ich?"

„Ich weiß nichts von einem Herrn Bill", antwortete Nicht Wichtig.

„Ist besser für dich. Genieß dein Leben, solange du ihn nicht kennst", sagte der Pinguin.

Sie stiegen den Hügelhang hinunter und machten vor den Toren des Palastes halt.

„Bevor wir den Palast betreten", erklärte Nicht Wichtig, „ist es meine Pflicht, euch über gewisse Regeln zu unterrichten, die unter allen Umständen befolgt werden müssen. Alle Waffen müssen abgegeben werden. In Gegenwart der Wunderschönen Prinzessin Ermintrelda muss man sich höflich und friedlich benehmen. Wer sich schlecht benimmt, wird vom Wettbewerb um den Schatz von unfassbarem Wert ausgeschlossen. Habe ich mich klar ausgedrückt?“

„Klar wie Fischbrühe“, sagte der Käpt’n.

„Dann folgt mir jetzt, bitte.“

Sie passierten das Tor und betraten einen großen Innenhof. Ein riesiger Haufen Schwerter, Musketen, Pistolen, Messer und anderer Waffen war auf einer Seite aufgeschichtet. Der Käpt’n warf sein Schwert auf den Haufen und folgte dann dem Rest in den Palast und eine breite Marmortreppe hinauf.

Auf der obersten Stufe angekommen, stand Eddy plötzlich einem Gemälde gegenüber – einem lebensgroßen Porträt von der schönsten Frau, die er je gesehen hatte. Sie trug ein langes weißes Gewand und hielt die rechte Hand so ausgestreckt, als würde sie die Neuankömmlinge einladen hereinzukommen. Lange pechschwarze Locken umrahmten ihr perfekt proportioniertes Gesicht. Ihre Augen waren bestechend blau, ihre Nase keck, ihre Lippen rot und voll. Ein Dutzend junger Männer lag ihr auf dem Bild bewundernd zu Füßen.

„Teufel noch mal!“, stieß der Käpt’n hervor.

„Ihr Kleid gefällt mir“, sagte die Crew.

„Ist das die Wunderschöne Prinzessin Ermintrelda?“, fragte Eddy.

„Nein“, antwortete Nicht Wichtig. „Das ist ein Gemälde von der Wunderschönen Prinzessin Ermintrelda. Die Wunderschöne Prinzessin Ermintrelda aus Fleisch und Blut erwartet Sie in ihren Privatgemächern. Hier entlang."

Er führte die Knusperkekser durch einen langen Korridor zu einer hohen Doppeltür, die sich vor ihnen öffnete und den Blick auf einen Raum freigab, der von oben bis unten rosafarben leuchtete: ein zotteliger rosa Teppich auf dem Boden, rosa Blümchentapete an den Wänden, rosa Seidengardinen vor den Fenstern, rosa gestreifte Ohrensessel und ein rosa gepunktetes Sofa. Von der Decke baumelte sogar ein rosa Kerzenleuchter herab. Genauer gesagt, waren in diesem Raum nur drei Objekte nicht rosafarben: die sitzenden Gestalten von Barracuda Bill und zwei seiner Gefolgsleute.

32. Kapitel

In dem die Knusperkekser die Prinzessin kennenlernen

„Was haben die Versager denn hier zu suchen?“, keifte Barracuda Bill und stand auf.

„Ah, dann kennen Sie sich offenbar bereits“, sagte eine Stimme von der anderen Seite des Zimmers. Eddy wirbelte zu einer weiteren rosa gekleideten Männergestalt herum. „Übrigens, ich heiße Da Bin Ich Reingetreten. Und dieser liebenswerte Herr“, erklärte er seinem Kollegen Nicht Wichtig, „ist Barracuda Bill mit seinen Begleitern Knochenbrecher Kurt und Zahnkracher Zach.“

„Wir nennen ihn Zahnkracher, weil ...“, begann Barracuda Bill.

„Bitte“, unterbrach ihn Da Bin Ich Reingetreten. „Sie wollen das bestimmt nicht wissen. Die Geschichte habt Ihr mir vor einer Stunde erzählt und mir ist immer noch schlecht.“

„Gebt ihr uns jetzt endlich diesen Schatz von unfassbarem Wert, oder muss ich erst anfangen, irgendwas oder irgendjemanden kaputt zu machen?“, dröhnte Barracuda Bill.

„Achten Sie auf Ihr Benehmen, bitte“, sagte Da Bin Ich Reingetreten. „Ansonsten gibt es für Sie garantiert keinen Schatz. Denken Sie an die Regeln.“

„Ich hasse Regeln“, murrte Barracuda Bill, setzte sich aber hin.

„Typisch, was?“, sagte Da Bin Ich Reingetreten. „Jahrelang warten wir darauf, dass jemand kommt und den Schatz von unfassbarem Wert beansprucht, und plötzlich tauchen gleich zwei auf einmal auf. Wie soll man sich denn auf so was einstellen?“

„Wo ist denn die Wunderschöne Prinzessin Ermintrelda?“, fragte Nicht Wichtig.

„Wartungsarbeiten“, erklärte Da Bin Ich Reingetreten knapp. „Haar-Desaster.“

„Auf dem Gemälde sahen ihre Haare sehr hübsch aus“, sagte Eddy.

„Sie sah insgesamt sehr hübsch aus“, fügte der Käpt'n hinzu.

„Pah!“, schnaubte Barracuda Bill. „Ja, das Geschmier hab ich auch gesehen. Was für ein Rosakitsch-Fräulein. Und dann diese Weicheier, die um sie herumlagen ...“

Am anderen Ende des Zimmers glitt ratternd eine Tür auf. „Erhebt euch!“, schallte es durch den Raum. Dann rauschte eine riesige, aufgebauschte, weiße Seidenwolke herein und wurde von rosa bekleideten Dienern unter lautem Rascheln vorangetragen. Im Inneren der weißen Masse kreischte etwas. Eine Hand schoss heraus, klatschte dem nächststehenden Diener an den Hinterkopf und fing dann königlich an zu winken.

Langsam kristallisierte sich aus der unförmigen Wolke ein fluffiges, an den Säumen ausgefranstes, vergilbtes Kleid heraus. Wie eine Boje auf schäumender See ploppte plötzlich ein Kopf hervor – ein weiblicher Kopf, genauso bleich und zerzaust wie das Kleid. Die dunklen Haare standen wirr nach allen Seiten ab, als hätte es in einer Perückenfabrik eine Explosion gegeben. Ein grellrosa Lippenstiftstrich zog sich von einem Mundwinkel bis zur fleckig gepuderten Wange. Ein Streifen falscher Wimpern wanderte Richtung rechtes Ohr ab. Es war, als wäre die Prinzessin rückwärts durch eine Hecke geschleift worden. Und dann noch mal vorwärts, um auch sicherzugehen, dass das Chaos perfekt war. Und dann noch mal rückwärts, nur so zum Spaß.

„Erhebt euch für die Wunderschöne Prinzessin Ermintrelda!", sagte Nicht Wichtig.

„Das ist die Prinzessin?", keuchte Eddy. „Potz Blitz!"

„Potz Blitz!", wiederholte der Käpt'n.

„Potz Blitz!", sagte Barracuda Bill, dem die Kinnlade heruntergeklappt war.

„Mutige Abenteurer!" Die Wunderschöne Prinzessin Ermintrelda ließ sich auf ihren Thron plumpsen. „Na los, fangt schon an!"

Nicht Wichtig trat einen Schritt vor. „Die Wunderschöne Prinzessin Ermintrelda wird jetzt die vier Gegenstände in Empfang nehmen, die ihr erobert habt, um euch des Schatzes von unfassbarem Wert würdig zu erweisen. Die vier Beweise eurer

Tapferkeit, eures Geistes und Erfindungsreichtums, eurer …“

„Bla bla bla!“, unterbrach ihn die Prinzessin. „Zack, her mit dem Zeug. Zuerst die Blumen.“

Barracuda Bill griff in einen Sack und holte die Flöötenblööte heraus, die sofort zu singen anfing.

„La la la la la!“, trällerte sie fröhlich.

„Wie hübsch!“, sagte die Prinzessin.

„La la la lalalala la la laaaaa."

„Entzückend. Und jetzt ..."

„La luli lala lulilooo la lubidihoo ..."

„Wenn das Kraut nicht gleich die Klappe hält, fliegt es auf den Kompost!"

„La liii-JÖRK!", wurde die Darbietung der Blume abgewürgt.

„Eine Flöötenblööte von Barracuda Bill." Die Wunderschöne Prinzessin Ermintrelda wandte sich dem Käpt'n zu. „Und wo ist eure?"

„Ich ... äh ...", stammelte der Käpt'n. Die verwuselte Gestalt vor ihm war nicht gerade die gütige, liebreizende Prinzessin, die er erwartet hatte. „Also ..."

„Die Flöötenblööte ist eigentlich unsere!", sagte Eddy.

„Nein, nein, nein", widersprach die Prinzessin. „Ich hab doch gesehen, wie Barracuda Bill sie aus dem Sack geholt hat."

„Aber ...", protestierte der Käpt'n.

„Ich verstehe schon", sagte Ermintrelda. „Meine Schönheit hat euch sprachlos gemacht. Das passiert mir ständig. So oft, dass die Leute schon sagen, es muss eine große Last sein, so wunderschön zu sein. Ist aber Schwachsinn, ich krieg nämlich einen Haufen kostbarer Klunker geschenkt, weil ich so schön bin. Also, jetzt das Gedicht!"

„Das hab ich hier." Barracuda Bill zog ein großes grünes Blatt aus der Tasche – das große grüne Blatt, das der Käpt'n von der Buchbuche bekommen hatte. Das große grüne Blatt, auf dem die Buchbuche die geheimsten Sehnsüchte des Käpt'ns in Verse gefasst hatte. Barracuda Bill begann laut vorzulesen.

„Das Leben eines Piraten
ist aufregend und wild.
Für Goldbarr'n und Dukaten
schwingt er sein Schwert und Schild.

Doch auch Piraten grübeln
im stillen Kämmerlein.
Gegröle, Rum und Beute,
das kann nicht alles sein."

Eddy sah, wie der Käpt'n vor Scham knallrot anlief, als Barracuda Bill die Verse vorlas, aus denen hervorging, wie sehr sich der Käpt'n nach einer Seelenverwandten sehnte.

„Die Meerjungfrauen locken,
doch die sind hälftig Fisch.
Ich will ne Frau mit Beinen!
Das wär verführerisch."

Der Käpt'n wurde vor Zorn immer röter im Gesicht, während Barracuda Bill die Worte vorlas, die doch nur für die Ohren der einen wahren Liebe des Käpt'ns bestimmt waren – wer auch immer das sein mochte.

„Willst du mein Leid beenden?
Willst du mein Liebchen sein?
So salzig sind die Meere
von meinen Tränen allein."

Die Wunderschöne Prinzessin Ermintrelda fing plötzlich heftig zu schluchzen an. „Ich hab mir schon immer gewünscht, dass jemand ein Gedicht für mich schreibt“, jaulte sie.

„Und das Gedicht gehört auch mir“, sagte der Käpt’n, als er seine Stimme wiedergefunden hatte. Aber weder die Prinzessin noch Barracuda Bill beachteten ihn.

„So viel Gefühl ...“, seufzte die Wunderschöne Prinzessin Ermintrelda.

„Das Komische ist“, sagte Barracuda Bill, „dass ich noch nie so Gefühle gefühlt hab wie die Gefühle, die ich jetzt fühle. Als würde irgendwas in meinem Bauch rumflattern.“

„Hab ich öfter“, sagte der Pinguin. „Das nennt sich Fisch.“

„Ein Leben ohne Liebe ist so tragisch“, schniefte die Prinzessin. „Das weiß ich selbst nur zu gut.“ Dicke Tränen kullerten ihre Wangen hinunter, und aus ihrer Nase baumelte ein langer Rotzfaden.

„Vielleicht wird’s Zeit, das endlich zu ändern“, sagte Barracuda Bill und versuchte sich an einem Lächeln. Es geriet ziemlich schräg und gab den Blick auf einen Haufen spitzer Zähne frei. Aber für jemanden, der noch nie gelächelt hatte, war es gar kein so übler erster Versuch – und auch nur ein bisschen Furcht einflößend.

„Ich glaube, da liegt was in der Luft …“, sagte die Crew.

Die Wunderschöne Prinzessin Ermintrelda zerrte Nicht Wichtig an seiner Jacke zu sich heran und schnäuzte hinein.

„Ich glaube, jetzt ist der richtige Zeitpunkt gekommen, dass du mir sagst, wie umwerfend bezaubernd ich bin“, sagte sie dann. „Sprich laut und deutlich und vergiss nicht, meine freche kleine Stupsnase und meine wunderschönen blauen Augen zu erwähnen.“

„Bevor ihr mit der Romantik weitermacht“, ging der Käpt’n dazwischen, „wäre es vielleicht ganz gut, wenn wir erst mal über unsere bestandenen Aufgaben reden.“

„Und über die ganzen Sachen, die wir eingesammelt haben“, fügte Eddy hinzu.

„Ach ja! Meine anderen Geschenke!“, rief die Wunderschöne Prinzessin Ermintrelda aus. „Wo sind denn meine Schokis?“

Barracuda Bill holte die Schachtel mit Lanceling Ploverdews erlesensten Pralinen-Kreationen hervor. Die Prinzessin grapschte sich eine Handvoll davon und stopfte sie sich in den Mund.

„Ummm dee Rinbb?“, mummelte sie mit vollen Backen.

Barracuda Bill fischte den Rubinring aus seinem Sack.

„Du hast gewonnen“, verkündete die Prinzessin. Ein brauner Sabberfaden hing ihr aus dem Mundwinkel. „Lecker, die Dinger.“

„Ihr habt gehört, was die Dame gesagt hat!“, dröhnte Barracuda Bill.

„Aber ...“, begann der Käpt’n.

„Nein, das ist ungerecht!“, warf Eddy ein.

„Ich hab gewonnen“, sagte Barracuda Bill. „Ihr habt verloren. Und jetzt will ich meine Belohnung haben – den Schatz von unfassbarem Wert!“

33. Kapitel

In dem es den Schatz von unfassbarem Wert gibt

Der Käpt'n holte einmal tief Luft. „Einspruch!"

„Abgelehnt!", brüllte Barracuda Bill.

„Aber du hast doch noch gar nicht gehört, was ich sagen will", wandte der Käpt'n ein.

„Ist mir auch egal", sagte Barracuda Bill.

„Aber das ist Betrug", rief Eddy. „Ihr habt die Aufgaben gar nicht erfüllt. Ihr habt uns nur die ganzen Sachen geklaut, die wir erobert haben!"

„Betrug, Betrug ...", äffte Barracuda Bill ihn nach. „Ja klar betrügen wir. Wir sind Piraten, die machen so was nun mal! Die klauen und rauben und betrügen."

„Wunderschöne Prinzessin Ermintrelda", sagte der Käpt'n. „Ihr habt gehört, was Barracuda Bill gesagt hat. Wir haben die Aufgaben erfüllt, nicht er. Hat er also den Schatz von unfassbarem Wert verdient? Sollen Diebstahl, hinterlistiges Verhalten und allgemeine Scheußlichkeit auch noch belohnt werden?"

Er wischte sich den Hut vom Kopf, reckte einen Arm in die Luft und nahm die nobelste Pose ein, zu der er fähig war.

„Die ehrenhafte Wahrheit ist: Wir Knusperkekser haben tapfer gekämpft und im Schweiße unseres Angesichts oder im Sichte unseres Angeschweißes oder wie auch immer das heißt ... also, wir haben uns alles ehrlich und anständig erworben, und deswegen sind zweifellos wir es, denen der Schatz von unfassbarem Wert zusteht!"

„Bravo!", rief die Crew.

So hatte Eddy den Käpt'n noch nie erlebt. Seine Augen glühten voller Leidenschaft. Er schien plötzlich mehrere Zentimeter gewachsen zu sein, und mit der vorgereckten Brust sah er aus, als hätte er sich mit Luft vollgepumpt.

„Du hast es geschafft", sagte Eddy. „Du hast dich für uns eingesetzt und ihm die Stirn geboten."

„Das mit der Stirn ist eine Sache", sagte der Käpt'n. „Aber den Schatz haben wir deswegen noch lange nicht."

„Ich frage mich die ganze Zeit", warf der Pinguin ein, „was dieser Schatz von unfassbarem Wert eigentlich sein soll?"

„Den hast du direkt vor Augen, du Dussel", erwiderte die Wunderschöne Prinzessin Ermintrelda. „Der Schatz bin ich! Deswegen hab ich die magische Karte doch vor Jahren losgeschickt. Der Sieger darf mich heiraten!"

„Ah ..." Dem Käpt'n schien auf einmal alle Luft zu entweichen. „Ähm ... Na ja, trotzdem ... Gerechtigkeit und Anstand und überhaupt ..." Seine Stimme schrumpfte zu einem unsicheren Gemurmel.

„Du willst sie doch gar nicht heiraten, oder?", fragte Eddy.

„Pass auf, was du sagst, Junge“, sagte Barracuda Bill. „Du redest hier von meiner Herzallerliebsten!“

„Aber sie ist egoistisch und herrisch und gierig und laut“, sagte Eddy. „Und sie verpasst allen Leuten schreckliche Namen und schlägt sie auch noch!“

„Ja! Das ist ein Mordsweib, was?“, seufzte Barracuda Bill. „Liebenswert von vorn bis hinten.“

„Liebe?“, quiekte die Wunderschöne Prinzessin Ermintrelda. „Na, das kommt jetzt aber doch ein bisschen plötzlich!“

„Ja, meine Liebe, du bist wahrlich ein Schatz von unfassbarem Wert – unvergleichlich viel kostbarer als alles Gold, Silber und Edelsteinzeugs der Welt“, sagte Bill und griff nach ihrer Hand.

„Ja, das bin ich in der Tat“, erwiderte die Prinzessin. „Erstens gibt's mich nur einmal. Gold und Silber und das ganze andere Zeugs gibt's in rauen Mengen. Meine Schatzkammer ist voll davon. Und dann die ganzen Saphire und Diamanten und Rubine, mit denen alles vollgestopft ist ... Lang-wei-lig! Ich kann's kaum erwarten zu heiraten, damit ich meinem Mann das ganze Gelumpe aufs Auge drücken kann.“

„Deinem Mann ...“, sagte der Käpt'n. Auf einmal erschien ihm der Gedanke, die Prinzessin zu heiraten, nicht mehr ganz so schrecklich. „Dann würde ich sagen, es wäre nur gerecht und ...“

„Wir haben dich schon beim ersten Mal verstanden“, unterbrach ihn Barracuda Bill mit einem triumphierenden Grinsen.

„Du hast verloren. Ich hab gewonnen. Ich krieg den Schatz. Gewöhn dich dran."

„Irgendwie läuft hier alles verkehrt", flüsterte der Käpt'n Eddy zu. „Ich versteh das nicht. Ich hatte doch diesen Traum. Wir haben die Karte entdeckt. Ich war mir sicher, dass der Schatz von uns gefunden werden will, weil du ein Vermögen brauchst, um die Hütte deiner Großmutter in Schuss zu bringen."

„Vielleicht wollte er einfach nur gefunden werden, und es war ihm egal, von wem", gab Eddy zurück. „Vielleicht war es die ganze Zeit Barracuda Bill bestimmt, ihn zu kriegen."

„Nein", widersprach der Käpt'n. „Der Schatz war für uns bestimmt, und ich denk nicht dran, kampflos auf ihn zu verzichten."

„Du willst kämpfen? Gegen Barracuda Bill? Der wird dich umbringen!"

„Nicht, wenn es mir bestimmt ist, als Sieger hervorzugehen."

„Nein, du hast schon genug gemacht", sagte Eddy. „Tut mir leid, was ich neulich alles gesagt hab, ich nehm es zurück. Du bist Barracuda Bill gefolgt und hast ihm die Stirn geboten, wie ein richtiger Pirat. Du hast bewiesen, wer du bist und was in dir steckt. Du hast dein Bestes getan, mehr kann keiner von dir verlangen."

„Doch, ich", sagte der Käpt'n. „Ich verlange mehr von mir. Ich werde gewinnen." Er tippte Barracuda auf die Schulter.

„Feigling", sagte er.

Das Grinsen auf Bills Gesicht verwandelte sich in eine höhnische Grimasse. Auf seiner Stirn begann eine Ader zu pulsieren.

„Jetzt ist er zu weit gegangen“, raunte Knochenbrecher Kurt und tauchte mit seinem Kumpel Zahnkracher Zach Schutz suchend hinters Sofa ab.

Barracuda Bill schob sein Gesicht ganz nah an das des Käpt’ns heran.

„Wie – hast – du – mich – gerade – genannt?“, keifte er.

„F-F-Feigling“, stammelte der Käpt’n mit zittriger Stimme. „Du hast doch Angst gehabt, die Aufgaben selber zu erfüllen. Und jetzt hast du Angst, um den Schatz zu kämpfen.“

„Angst!“, brüllte Bill. „Ich soll vor einer hosenschissigen Seegurke wie dir Angst haben?! Ich zeig dir gleich, wer hier Angst hat!“

Er nahm einen Handschuh aus seinem Gürtel und klatschte ihn dem Käpt’n einmal, zweimal ins Gesicht.

„Au. Au“, sagte der Käpt’n.

„Ich fordere dich zum Duell heraus! Mann gegen Maus!“

„Ach, Männer!“, quietschte die Wunderschöne Prinzessin Ermintrelda. „Sie kämpfen um mich!“ Aufgeregt hüpfte sie auf ihrem Sofa auf und ab. „Nein, nein, nein! Das dürft ihr nicht! Wirklich nicht! Aber wenn ihr doch müsst, also so wirklich wirklich dringend, dann solltet ihr lieber rausgehen. Und fangt erst an, wenn ich da bin – ich will keine Sekunde verpassen!“

„Nach draußen“, sagte Barracuda Bill. „Sofort.“ Damit stapfte er hinaus.

„Du musst dir das echt nicht antun“, wandte sich Eddy an den Käpt’n. „Wir würden nicht schlechter von dir denken, wenn du jetzt einen Rückzieher machst. Wie du selbst schon mal gesagt hast, zwischen Mut und Dummheit gibt’s einen klitzekleinen Unterschied. Barracuda Bill ist der gefährlichste Pirat aller Meere.“

„Mag sein“, sagte der Käpt’n. „Aber ich hab einen Plan.“

„Hast du dir den selbst ausgedacht?“, hakte der Pinguin nach.

„Absolut“, antwortete der Käpt’n.

„Okay“, sagte der Pinguin. „Was ist dir lieber – an Land beerdigt werden oder Seebestattung?“

34. Kapitel

In dem überlegt wird, welche Art zu sterben am nettesten ist

„Huhuuuuuuuu, ihr Lieben!"

Eddy sah vom Palasthof zum Balkon hoch, auf dem die Wunderschöne Prinzessin Ermintrelda stand und winkte. Neben ihr hob Nicht Wichtig ein Megafon an den Mund und wandte sich an die Menge der Zuschauer.

„Euer Majestät, hochverehrte Damen, Herren, Ritter, Knappen, Bauern, Almosenempfänger, Palastdiener und Abschaum der Sieben Weltmeere! Willkommen zum Duell um die Hand der wunderschönen Prinzessin Ermintrelda. Zu meiner Linken: der Herausforderer, Barracuda Bill …"

Die Mannschaft der *Aasfresser* begann lautstark zu johlen und mit den Füßen zu stampfen. Es klang ziemlich Angst einflößend. Nicht Wichtig wartete, bis der Krach verklungen war.

„… Und zu meiner Rechten: der Herausgeforderte, Käpt'n Olle McScholle", fuhr er dann fort.

„Hurra!", schrien Eddy, der Pinguin und die Crew im Chor.

Aber ihre Rufe wurden vom „Lügner! Lügner! Lügner!"-Gebrüll der Gegenpartei übertönt.

„Gemäß den Regeln des Duells“, erklärte Nicht Wichtig, „hat der Herausgeforderte die Wahl der Waffen.“

Barracuda Bill stand neben dem riesigen Haufen Waffen, die den Palastbesuchern abgenommen worden waren.

„Hier gibt’s Pistolen, Musketen, Luntenschlossgewehre, Steinschlossgewehre, Knüppel, Keulen, Äxte, Streitkolben, Langbögen, Armbrüste, Steinschleudern, Blasrohre, Harpunen, Kanonen, Piken, Lanzen, Langschwerter, Kurzschwerter, Irgendwasdazwischenschwerter und sogar ein Paar rasiermesserscharfer Kampfgeweihe!“, brüllte er zum Käpt’n rüber. „Also, entscheide dich. Willst du lieber aufgeschlitzt, aufgespießt, erstochen, erschossen, erschlagen, erdolcht, weggeblasen, stranguliert, enthauptet, niedergemetzelt oder vergiftet werden?“

Der Käpt’n ging langsam auf Barracuda Bill zu und sah ihm direkt in die Augen – oder besser gesagt, da er einen Kopf kleiner war als sein Gegner, direkt in den Bart.

„Ich wähle ...“, begann er, hielt dann aber inne.

Die Luft prickelte vor Spannung, Eddy hielt es kaum noch aus.

„.............“, schwieg der Käpt’n weiter.

„Jetzt mach schon“, rief jemand aus dem Publikum.

„Ich wähle ... eine Partie *Wie Viele Affen Hab Ich In Der Tasche!*“

„Ha!“, schnaubte Barracuda Bill ihm in den Hut. „Da hast

du dir das Falsche ausgesucht, du Zwerg. Auf allen Sieben Meeren gibt es niemanden, der mich je in diesem Spiel besiegt hätte. Das Ganze fängt an, mir Spaß zu machen!"

„Der Käpt'n ist furchtbar schlecht in *Wie Viele Affen Hab Ich In Der Tasche*", sagte Eddy.

„Adios, Schatzilein", sagte der Pinguin.

„Aber wenigstens wird er nicht aufgeschlitzt, aufgespießt, abgeschlachtet oder auf sonst eine widerliche Weise abgemurkst", sagte die Crew.

„Und hinterher“, verkündete Barracuda Bill, „werde ich mir aus diesem Haufen ein paar hübsche Waffen aussuchen und sie an dir ausprobieren.“

„Oh“, sagte die Crew.

Der Käpt’n ging die vorgeschriebenen zwanzig Schritte ab und drehte sich dann wieder zu seinem Gegner um.

„Lasset die Spiele beginnen!“, rief er.

„Wie viele Affen hab ich in der Tasche?“, dröhnte Barracuda Bills Stimme durch den Innenhof.

Keinen, dachte Eddy. Eindeutig keinen.

„Du hast sieb... Nein, Augenblick mal, du hast fü...“, setzte der Käpt’n an.

Sag KEINEN!, versuchte Eddy dem Käpt’n per Gedankenkraft zu übertragen. Wo soll er denn einen Affen herhaben?

„Lass mich überlegen ... Ähm ... vie... nein ...“

Null! Nada! Niente!, schrie Eddy lautlos in seinem Kopf.

„Ähm ... Du hast GAR KEINEN Affen in der Tasche“, sagte der Käpt’n.

Endlich hast du das Spiel kapiert, dachte Eddy erleichtert.

„Pah!“, keifte Barracuda Bill. „Stimmt!“

Jetzt war der Käpt’n mit Fragen dran.

„Wie viele Affen hab ich in der Tasche?“

Er hatte kaum zu Ende gesprochen, da schrie Barracuda Bill: „Gar keinen!“

„Zweite Runde!“, forderte eine Stimme aus der Menge.

„Stopp!“, rief der Käpt’n. „Das stimmt nicht!“

„Waaaaaaas?!“

Ein Raunen ging durch die Reihen. Die Zuschauer sogen so heftig die Luft ein, dass es Barracuda Bill fast den Hut vom Kopf gepustet hätte. Sein Papagei musste sich tief in seine Schultern krallen, um nicht herunterzuplumpsen.

„Ich hab einen Affen in meiner Tasche.“

Die Menge verstummte augenblicklich.

Barracuda Bill zerrte sich den schmerzenden Papagei von der Schulter und stieß die Frage hervor, die das Spiel vorschrieb: „Zeig mir den Affen!“

35. Kapitel

In dem ein kleiner Mann mit einem großen Buch auftaucht

Der Käpt'n griff in seine Tasche und holte ein schmuddeliges, blau-weiß gepunktetes Taschentuch heraus. Sachte legte er es auf seine Handfläche und faltete es auseinander – und da war er: ein winziger, gegen das Sonnenlicht anblinzelnder Affe.

„Gewonnen", sagte der Käpt'n triumphierend.

„Autsch!", schrie er dann, als der Affe ihm in den Finger biss, den Arm hochflitzte, den Hut herunterkickte und schließlich in die Menschenmenge hechtete. Flink sauste er über die Köpfe hinweg und verschwand über die Palastmauer.

„Wir haben einen Sieger!", verkündete Nicht Wichtig vom Balkon herab. „Lasset Reiter die frohe Kunde in alle Ecken des Königreichs bringen: Die lange Suche hat ein Ende. Die Wunderschöne Prinzessin Ermintrelda wird Käpt'n Olle McScholle heiraten!"

„Endlich bin ich mal dran!", kreischte die Prinzessin.

„Du hast tatsächlich gewonnen, Käpt'n!", rief Eddy. „Aber wo hattest du denn bloß den Affen her?"

„Hab ihn am Strand gefunden, als ich nach einer Lücke zwischen den Palmen gesucht hab. Plötzlich springt der aus dem Gebüsch und klettert mir in die Hand, der freche kleine Kerl! Ich dachte, ich hab mich lang genug selber zum Affen gemacht, da könnte ich doch auch endlich mal einen richtigen Affen mitnehmen. Also hab ich ihn eingesteckt."

„Und woher wusstest du, dass Barracuda Bill keinen in der Tasche hat? Das hast du doch noch nie richtig geraten."

„Ach, das war reine Mathematik", erwiderte der Käpt'n. „Ich wusste, dass es sehr unwahrscheinlich ist, dass wir beide einen Affen haben. Aber ich wusste auch, dass ich sehr wohl einen habe, was ja auch ziemlich unwahrscheinlich war. Also musste die Wahrscheinlichkeit, dass Barracuda Bill auch einen Affen hat, ungefähr siebenhundertdreiundvierzig Mal unwahrscheinlicher sein. Und man muss kein Mathegenie sein, um zu wissen, dass ziemlich unwahrscheinlich mal sehr unwahrscheinlich mal siebenhundertdreiundvierzig ein glattes Unmöglich ergibt."

„Ich glaube, so funktioniert das normalerweise nicht", sagte Eddy. „Aber ich bin froh, dass es in diesem Fall funktioniert hat."

„Wie gesagt, noch mal mach ich mich nicht zum Affen." Der Käpt'n tippte sich grinsend an die Nase.

„Das war also dein Plan", sagte die Crew. „Ich wusste doch, dass du es draufhast!"

„Ich auch", sagte der Pinguin. „Na ja, meistens jedenfalls."

„Und jetzt kann es nicht mehr lange dauern, bis wir den Schatz kriegen", sagte der Käpt'n. „Zu blöd, dass ich dafür erst mal die Prinzessin heiraten muss, aber egal, wenigstens werden wir reich."

„Meinst du wirklich, dass Barracuda Bill das zulässt?" Eddy war gerade klar geworden, dass sie vielleicht bald große Probleme bekommen würden. „Wer weiß, ob wir nicht längst in Gefahr sind? Barracuda Bill und seine Kumpanen könnten uns jederzeit angreifen!"

Aber Barracuda Bill sah nicht so aus, als würde er angreifen wollen. Mit gesenktem Kopf und schlaffen Schultern kauerte er auf dem Boden, ein einziges Häuflein Elend.

„Aber ich liebe sie doch", murmelte er. „Was soll ich denn jetzt bloß ohne sie machen?"

Seine Mannschaft scharte sich peinlich berührt um ihn. Ein paar Männer versuchten sich hingegen heimlich davonzustehlen.

Sein Papagei rieb seinen Kopf an Barracuda Bills Wange. „Armer alter Bill", krächzte er. „Buhuhu!"

Dann kackte er ihm noch mal kräftig auf die Schulter.

„Komm schon, Skipper", sagte Zahnkracher Zach. „Ich weiß, wie wir dich wieder aufmuntern können. Wir ziehen los und hauen auf was ein, bis es kracht."

„Bin nicht in Stimmung", wehrte Bill ab, und seine Oberlippe begann zu zittern.

„Ich glaube, vor dem brauchen wir uns im Moment nicht zu

fürchten", sagte der Käpt'n. „Jetzt müssen wir nur noch unseren Anspruch auf den Schatz anmelden."

„Er hat recht", sagte der Pinguin. „Im Augenblick kann nicht mal ich mir vorstellen, was jetzt noch schiefgehen könnte."

„Es gibt einen Einspruch!", drang plötzlich Nicht Wichtigs Stimme an ihre Ohren. „Lasset neue Reiter hinter den ersten Reitern losreiten, die schon losgeritten sind, damit sie ihnen sagen, sie sollen die frohe Kunde erst einmal noch nicht in alle Ecken des Königreichs bringen! Wir müssen die Sachlage hier zunächst einmal klären."

„Das glaub ich jetzt nicht", sagte der Pinguin. „Ich mit meiner großen Klappe!"

Ein kleiner, glatzköpfiger Mann trat auf den Balkon hinaus.

„Mein Name ist Engelbert Gangplaster", wandte er sich an die Menschenmenge. „Ich bin der königliche Bibliothekar, und das hier ...", er hielt ein riesiges, ledergebundenes Buch hoch, „... ist ein antikes Originalexemplar vom *Einzig Wahren Regelwerk zu In welcher Anzahl hausen die Affenartigen in meinem Beinkleidbeutel?*. Ich zitiere Seite zweihundertsiebzehn, Kapitel sechsundzwanzig, Paragraph XIV, Unterparagraph J, Punkt 11b:

Auf dass kein Betrug und Missbrauch diesen noblen Sport besudeln möge, wird hiermit erlassen, dass zum Schlusse des Spiels jeder Spieler alle von ihm oder ihr eingesetzten Affen vorzeigen muss. Er oder sie soll seine oder ihre Affen zur allgemeinen Beschau präsentieren, um zweifellos nachzuweisen, dass es sich wahrlich um einen Affen handelt, nicht etwa um einen Hund in Verkleidung oder ein besonders haariges Menschenkind. Sollte ein Spieler dieser Anforderung nicht nachkommen können, so gilt er oder sie von da an für alle Zeit als Spielbetrüger und wird augenblicklich disqualifiziert.

Er schlug das Buch mit einem Knall zu und richtete den Zeigefinger auf den Käpt'n. „So! Du! Wo ist dein Affe?"

„Davongelaufen", antwortete der Käpt'n. „Haben doch alle hier gesehen."

Die Crew der *Aasfresser* begann zu murmeln.

„Für mich sah es eher nach einem Hund in Verkleidung aus", sagte einer der Männer.

„Ein Pudel mit Perücke", gab ein zweiter ihm recht. „Hab ich auf den ersten Blick erkannt."

„Blödsinn!", rief Eddy.

„Ich denke, es war ein haariges Baby, so wahr ich hier stehe", sagte eine dritte Stimme.

„Dem Jüngsten von meiner Schwester wie aus dem Gesicht geschnitten", fügte die vierte hinzu. „Betrüger!"

„Er hat geschummelt!“, schrien Barracuda Bills Männer wild durcheinander. „Buh!“

„Ihr wisst doch alle genau, dass es ein Affe war!“, schrie Eddy.

„Ob Affe oder nicht“, bellte Gangplaster vom Balkon herunter. „Wenn ihr ihn nicht zur allgemeinen Beschau vorzeigen könnt, seid ihr raus aus dem Spiel! So steht es im Regelwerk!“

„Hey.“ Barracuda Bills Laune schien sich schlagartig zu verbessern. „Sieht so aus, als wärst du disqualifiziert.“

„Aber ich hab doch gewonnen“, wandte der Käpt'n ein. „Anständig und ehrlich.“

„Regeln sind Regeln“, sagte Bill.

„Du hast doch selber gesagt, dass du Regeln hasst“, warf Eddy ein.

„Nicht wenn sie zu meinen Gunsten ausfallen.“

„Tut mir leid, Käpt'n Schätzchen, aber ich sehe keine Möglichkeit, gegen das offizielle Spielregelbuch anzukommen.“ Die Crew legte dem Käpt'n einen Arm um die Schultern. „Ganz zu schweigen von den hundert haarigen Grobianen, die Bill auf seiner Seite hat.“

„Dann wird das doch nix mit dem Schatz“, sagte der Käpt'n traurig. „Tut mir so leid, Eddy. Jetzt hab ich dich schon wieder enttäuscht.“

„Nein, hast du nicht“, widersprach Eddy. „Versteh mich nicht falsch, ich hätte mir wirklich gewünscht, wir hätten mit dem Schatz das Haus meiner Großmutter reparieren können. Aber mir ist klar geworden, dass es noch was viel Wichtigeres gibt. Du hast uns allen bewiesen, wie mutig du bist. Du hast dein wahres Gesicht und deinen starken Charakter gezeigt. Ich bin stolz darauf, dass du mein Käpt'n bist. Und mein Freund."

„Er hat recht", sagte die Crew. „Und das ist viel mehr wert als alles Gold."

„Nicht wenn man einkaufen gehen will", sagte der Pinguin.

„Außerdem – sieh's doch mal positiv", fuhr die Crew fort. „Du bist nicht auf schreckliche Weise umgebracht worden und musst auch die Prinzessin nicht heiraten."

„Wenn man's so sieht ... Das baut mich jetzt echt ein bisschen auf", sagte der Käpt'n. „Na denn – das Meer da draußen ist riesengroß, wir werden schon einen anderen Weg finden, reich zu werden."

„Wir haben einen neuen Sieger!", verkündete Nicht Wichtig. „Lasset eine dritte Reiterstaffel losreiten, auf dass sie den ersten und zweiten losgerittenen Reiterstaffeln mitteilen möge, dass der Name Käpt'n Olle McScholle durch Barracuda Bill ersetzt werden muss. Ach ja, und der zweiten Reiterstaffel möge mitgeteilt werden, dass sie nach Hause zurückreiten kann. Die lange Suche hat erneut ein Ende gefunden. Die Wunderschöne Prinzessin Ermintrelda wird Barracuda Bill heiraten!"

„Ist das diesmal endgültig?", fragte die Prinzessin.

„Endgültig endgültig", sagte Nicht Wichtig.

„Oh, prima! Den mag ich nämlich sowieso lieber als den anderen. Er ist bulliger und bärtiger und riecht nicht so streng nach Fisch."

36. Kapitel

In dem alles glattläuft, indem alles schiefläuft

Noch am selben Abend fand ein großes Hochzeitsfest statt, und die beiden Schiffsbesatzungen legten für die Zeit ihren Streit beiseite. Die Mannschaft der *Aasfresser* trank ganz viel Bier und Wein und Rum und Cider und Portwein und Gin und Brandy und Sherry. Und als das alles ausgetrunken war, fiel jemandem ein, dass er mal eine große Flasche mit irgendeiner gelben, süßen, sirupartigen Flüssigkeit aus dem Urlaub mitgebracht hatte, und dann tranken sie die auch noch aus.

Es gab Musik und Gesang und wildes Tanzen und dröhnende Schädel und ein bisschen Übelkeit und die gelallte Einsicht, dass sie die gelbe, süße, sirupartige Flüssigkeit lieber nicht hätten trinken sollen.

Zahnkracher Zach hielt eine Rede über ein paar zum Brüllen komische Sachen, die sich Barracuda Bill in jungen Jahren geleistet hatte. Alle lachten aus vollem Halse, weil sie wirklich zum Brüllen komisch waren.

Dann hielt Barracuda Bill eine Rede darüber, dass er der

glücklichste Mann auf Erden sei und dass, wenn jemand jemals etwas von Zahnkracher Zachs Erzählungen weitertragen würde, er denjenigen eigenhändig an die Goldfische verfüttern würde (ihn an die Haie zu verfüttern wäre nämlich ein zu schneller, leichter Tod).

Dann hielt die Wunderschöne Prinzessin Ermintrelda eine Rede darüber, dass dies der schönste Tag ihres Lebens sei. Sie wisse, dass der Käpt'n furchtbar traurig sei, weil sie ihn nicht auch noch heiraten und zum zweiten glücklichsten Mann auf Erden machen könne. Dann bedankte sie sich bei ihm, denn ohne ihn hätte Barracuda Bill niemanden gehabt, dem er die magischen Gegenstände hätte klauen können. Und dann bot sie ihm an, dass er sich so viel Gold und Edelsteine aus der Schatzkammer holen dürfte, wie er wollte, bevor sie den Rest ihres unermesslichen Reichtums an ihren Ehemann übergab.

Und dann hielt der Käpt'n keine Rede, sondern ging einfach los, um eine Schubkarre zu suchen.

Am nächsten Tag schliefen die Piraten lange aus, und als sie aufwachten, hatten sie fürchterliche Kopfschmerzen und erklärten die gelbe, süße, sirupartige Flüssigkeit für Teufelszeug. Dann stellten sie fest, dass die Knusperkekser ihre Schubkarre voller Schätze schon aufs Schiff gekarrt hatten und davongesegelt waren.

Die See war ruhig und fast glatt an diesem Tag, nur eine leichte Brise trieb ein paar weiße Schäfchenwolken über den strahlend blauen Himmel. Dieselbe Brise trieb die *Knusperkeks* mit geblähten Segeln übers strahlend blaue Meer. Ein einziges Wort stand jetzt auf der magischen Karte geschrieben – HEIMWÄRTS –, dazu ein Pfeil, der nach Westen zeigte.

An Deck waren Eddy und der Käpt'n gerade dabei, den Inhalt der Schubkarre in Augenschein zu nehmen. Die Crew stand am Steuerrad. Der Pinguin probierte eine besonders schicke diamant- und saphirbesetzte Tiara samt den dazu passenden Ohrringen an und betrachtete sich selbst in einem Spiegel. Alles in allem waren sie mit sich und der Welt im Reinen.

„Ist da irgendwas dabei, was dir besonders gut gefällt?", fragte der Käpt'n. „Such dir was Hübsches aus. Wir teilen den Schatz dann gleich unter uns auf."

„Ich weiß gar nicht, wo ich anfangen soll", sagte Eddy und drehte den Schmuck in den Händen. „Diese ganzen Halsketten und Kelche und Broschen und ... hey, da ist ja auch ein Rubinring dabei, der sieht fast genauso aus wie der, den wir im ..."

Er verstummte.

„Stimmt was nicht?", fragte der Käpt'n.

„Nein, alles gut", erwiderte Eddy. „Aber guck dir mal das hier an."

Er hielt einen schweren Goldreifen hoch, an dem ein dicker Rubin prangte. Ein Schädel war in den Edelstein eingraviert – und in die rechte Augenhöhle ein winzig kleines K.

„Krummbart", raunte der Käpt'n leise. „Ich fass es nicht ..."

„Das Zeug gehört zu Krummbarts Schatz", sagte Eddy. „Unglaublich. Aber was meinst du, wie es in Ermintreldas Schatzkammer gelangt ist?"

„Wer weiß das schon? Schätze sind rastlose Geschöpfe, die wandern bei jeder sich bietenden Gelegenheit hierhin und dahin. Deswegen müssen wir dieses kleine Vermögen auch richtig gut im Auge behalten."

Eddy tauchte tiefer in die Schubkarre ab.

„Da ist eine Perle so groß wie eine Rosskastanie und ein Diamant so groß wie ein Möwenei, und dieser Smaragd hier ist größer als der dickste Hamster, den ich je gesehen hab. Genau wie in der Legende von Krummbarts Schatz. Du hast die ganze Zeit recht gehabt, auch wenn du dich in Sachen Kümmelkuchen geirrt hast. Wir haben Krummbarts Schatz gefunden!"

„Ich hab nie dran gezweifelt, dass wir das schaffen", sagte der Käpt'n. „Na ja, doch, zwischendurch schon. Aber am Ende hab ich doch recht behalten."

„Und da warst du nicht der Einzige", sagte die Crew.

„Was meinst du damit?", fragte Eddy.

„Warum, sagtest du, haben dich deine Eltern zu deiner Großmutter geschickt?"

„Damit ich frische Luft und Spaß habe", antwortete Eddy.

„Siehste – frische Luft hast du hier mehr als genug. Und dass du keinen Spaß hattest, kann man wohl auch nicht behaupten."

„Stimmt", sagte Eddy. „Ich hab in meinem ganzen Leben noch nie so viel Spaß gehabt wie auf dieser Schatzsuche."

„Dann haben deine Eltern es am Ende doch auch richtig gemacht, obwohl sie es ursprünglich verkehrt gemacht haben. Oder was denkst du?"

„Ich denke, dass ich sie ziemlich vermisse", sagte Eddy.

Er starrte aufs Meer hinaus. Die *Knusperkeks* glitt durchs Wasser. Heimwärts. Das Schwappen der Wellen gegen den Schiffsrumpf vermischte sich mit den Schreien der Möwen, die über ihren Köpfen kreisten, und dem schwachen, gleichmäßigen Bumm Bumm aus weiter Ferne ...

Bumm Bumm?

Bumm Bumm.

Die *Aasfresser* war auch irgendwo da draußen!

Eddy griff sich ein Fernrohr. Tatsächlich, da kam die *Aasfresser* von Steuerbord angeflogen. Sie war schneller als die *Knusperkeks*, das wusste Eddy nur zu gut. Was würde passieren, wenn sie die *Knusperkeks* einholte? Einerseits hatten die beiden Besatzungen wie alte Freunde zusammen gefeiert. Andererseits bestand die Mannschaft der *Aasfresser* nun mal aus unbarmherzigen Piraten, und die *Knusperkeks* hatte eine Schubkarre voller Schätze an Bord.

„Käpt'n! Die *Aasfresser* kommt!"

„Vielleicht wollen sie sich nur noch mal ordentlich verabschieden", sagte die Crew. „Nachdem wir doch so schön gefeiert haben."

„Oder vielleicht wollen sie uns nur noch mal ausrauben, uns an die Haie verfüttern und das Schiff in die Luft jagen", sagte der Pinguin.

„Keine Ahnung", sagte der Käpt'n. „Aber das werden wir erst erfahren, wenn sie uns eingeholt haben."

„Dann sollten wir uns lieber mal drauf vorbereiten", beschloss Eddy. „Du hast Barracuda Bill schon mal die Stirn geboten, Käpt'n. Ich finde, es wird Zeit, dass die *Knusperkeks* der *Aasfresser* die Stirn bietet. Wenn die wegen des Schatzes kommen, werden wir ihnen den nicht kampflos überlassen. Diesmal werden wir ihnen einen gebührenden Empfang bereiten."

37. Kapitel

In dem am Morgen nach dem Abend davor was passiert

„Hä? Aber wie sollen wir uns denn vorbereiten?“, fragte der Käpt’n.

„Wir müssen alle zusammenarbeiten, und zwar so schnell wir eben können“, erwiderte Eddy. „Erst mal müssen wir alle schweren Sachen aus dem Laderaum nach oben schaffen. Die binden wir an lange Taue und hängen sie an die Steuerbord-Rahen ...“

„An die was?“, unterbrach ihn die Crew.

„Die Rahen ... Das sind diese langen Holzdinger, von denen die Segel runterhängen. Dann hieven wir die schweren Sachen am Hauptmast hoch und binden sie da fest. Dafür werden wir einen Flaschenzug brauchen.“

„Ich hab einen in meinem Rucksack, Schätzchen.“

„Und dann ...“

„Haaaalt!“, rief der Käpt’n. „Wir wollen mal nicht vergessen, wer hier die Befehle erteilt. Also, Leute. Bindet die Flaschen mit langen Masten an die Steuerbord-Züge und hievt die

Rahen ... Ach, stinkiger Fisch! Macht einfach das, was Eddy gesagt hat! Und zwar schnell!“

Eine Stunde Hieven und Heben und Hauruckrufen später war es geschafft. Dutzende Taue waren entlang der Steuerbord-Rahen festgemacht, an ihren anderen Enden baumelte die Hälfte aller Sachen, die zuvor im Laderaum des Schiffes verstaut gewesen war: Bratpfannen und Seestiefel und Eimer und genug Eisenwaren, um damit einen Laden zu eröffnen. Alles war mit einem einzigen Tau am Hauptmast befestigt.

Eddy schaute lächelnd nach oben.

„Das ist unser Plan“, sagte er.

„Erste Kajüte!“, stieß der Käpt’n hervor. „Aber sag noch mal, wozu war das ganze Zeug noch mal gut?“

„Das wirst du schon sehen“, erwiderte Eddy. „Crew, du stellst dich neben den Mast. Wenn ich das Signal gebe, machst du den großen Knoten da auf.“

„Alles klar“, sagte die Crew und griff nach dem losen Ende des Taus.

Bumm! Bumm!

Die *Aasfresser* war inzwischen gefährlich nahe gekommen, doch Eddy fiel auf, dass das Gestampfe nicht annähernd so laut war wie sonst.

Wo wolln wir hin?

Und der Gesang war gerade mal ein Flüstern.

Was ham wir vor?,

zischten einhundert Stimmen.

Die *Aasfresser* drehte steuerbord längsseits an die *Knusperkeks* bei. Die Piraten waren alle an Bord versammelt. Doch diesmal war Zahnkracher Zach ihr Anführer, von Barracuda Bill keine Spur.

„Ahoi!“, rief der Käpt’n zu ihnen hinüber.

„Nicht so laut!“, krächzte Zahnkracher Zach. „Wir ham alle ’n Dröhnschädel. Wenn mir je wieder einfällt, wer dieses gelbe, süße, sirupartige Zeug angeschleppt hat, mach ich ihn einen Kopp kürzer!“

„War aber trotzdem ne hübsche Party.“

„Ja, aber die Party ist vorbei. Jetzt geht’s wieder ans wahre Leben. Nur für Barracuda Bill nicht. Der Kerl ist der bekloppteste, betrügerischste und bösartigste Irre, den ich je gesehen hab. Aber weißt du, was der heute Morgen gebracht hat? Sitzt mit seiner Tusnelda am Boden und packt kleine Kätzchen in einen Weidenkorb! Ich glaub, es hackt! Ehrlich, ich bin total fertig deswegen. Total fertig!“

„Können wir euch vielleicht irgendwie dienlich sein?“, fragte der Käpt’n.

„Aber sicher doch“, erwiderte Zahnkracher Zach. „Entweder das, oder wir kommen rüber und bedienen uns selbst. Jedenfalls wollen wir den Schatz. Ach ja, Männer, und denkt dran – wenn ihr jemanden in Stücke hauen müsst, dann bitte ganz, ganz leise.“

Einhundert grimmige Piraten schoben sich mit gezückten Entermessern auf die *Knusperkeks* zu.

„Jetzt!", schrie Eddy.

Die Crew zog am Tau, wodurch sich der Knoten löste und alle schweren Sachen herabfallen ließ, die am Mast festgebunden waren. Peitschend schwangen sie an ihren Seilen über das Deck zur *Aasfresser* hinüber.

„Ducken!", brüllte Eddy.

„Wir gucken doch schon alle!", gab der Pinguin zurück. „Oder was ... ach so!" Nur einen Sekundenbruchteil, bevor ein Eimer über ihn hinwegbrauste, warf er sich bäuchlings aufs Deck.

Die Eisenwaren-Breitseite erwies sich als genauso wirkungsvoll wie eine Kanone. Die erste Bratpfanne traf einen haarigen Piraten volle Kanne am Kinn und schleuderte ihn nach hinten, wobei er gleich drei seiner Kumpanen unter sich begrub.

Im Dutzend schossen die schweren Gegenstände auf die *Aasfresser* herab. Mit so einem Angriff hatten die Piraten nicht gerechnet. Die sausende, pfeifende, schwirrende Strafe erwischte sie wie aus heiterem Himmel. Nur Augenblicke später lagen haufenweise Männer, Schwerter, Pistolen, Hüte und Holzbeine kreuz und quer über dem Deck verstreut.

Die Piraten versuchten verzweifelt, den schweren Geschossen auszuweichen, aber genauso gut hätten sie versuchen können, durch ein Unwetter zu laufen, ohne von den Regentropfen erwischt zu werden. Ein paar Männer wurden auf die andere

Seite des Schiffes und über die Reling geschleudert, sodass sie fluchend ins Meer stürzten. Ein paar sprangen sogar aus freien Stücken über Bord, um dem Bombardement zu entfliehen.

Als die schwingenden Geschosse schließlich langsam auspendelten, waren alle Männer auf der *Aasfresser* außer Gefecht gesetzt.

Alle bis auf einen. Zahnkracher Zach kroch hinter der Kanone hervor, hinter die er sich geflüchtet hatte. Mit einem finsteren Stirnrunzeln und seinem Entermesser in der Hand sprang er über die Lücke zwischen den beiden Schiffen, landete auf der *Knusperkeks* und stürzte sich sofort auf den Käpt'n.

Der griff nach seinem Schwert – und bemerkte zu seinem großen Entsetzen, dass er es auf dem Waffenhaufen im Palasthof der Prinzessin zurückgelassen hatte. Wild fuchtelte er durch die Luft, suchte nach irgendetwas, womit er sich verteidigen konnte. Aber das Einzige, was seine Hände fanden, war die Karotte auf seiner Schulter. Er riss sie herunter und reckte sie wie eine Waffe nach vorn.

Der Anblick war so lachhaft, dass Zahnkracher Zach innehielt und dem Käpt'n ins Gesicht wieherte.

„Das soll wohl ein Witz sein."

Doch dieser Augenblick war die eine Chance, die Eddy brauchte.

Zahnkracher Zach holte mit dem Entermesser aus.

Eddy stürzte sich von hinten auf ihn und prallte mit voller Wucht gegen seine Kniekehlen. Zahnkracher Zachs Beine gaben nach, er krachte nach vorn auf die Bretter ...

„Aaaaahhh!"

... wobei er sich die Karotte in sein rechtes Auge stach.

„Auuuuuu!"

Instinktiv hob er die Hand an sein tränendes Auge...

Donkk!

... und zwar die Hand, in der er noch immer das Entermesser hielt. Und so schlug Zach sich den harten Metallgriff selbst vor die Stirn.

„Aaaarrrrhhh!"

Benommen taumelte er zurück auf die *Aasfresser* und sackte dort in sich zusammen. „Wir ergeben uns", ächzte er heiser.

„Wir haben's geschafft!", schrie Eddy, und die Knusperkekser brachen in lautes Jubelgeschrei aus.

„Nicht so laut", stöhnte Zahnkracher Zach und hielt sich den dröhnenden Schädel, während die *Aasfresser* wieder davondriftete.

„Crew!", sagte der Käpt'n. „Kurs auf heimwärts setzen!"

„Wie lange wir wohl bis nach Hause brauchen?", fragte Eddy.

„Höchstwahrscheinlich kommen wir nie dort an", gab die Crew zurück. „Jedenfalls nicht, wenn wir nicht schleunigst die ganzen Taue da losmachen."

Sie hatte recht – jetzt, wo die ganzen schweren Sachen an der Steuerbordseite herunterbaumelten, zogen sie das Schiff in eine bedenkliche Schräglage. Eine große Welle und es würde kippen.

Hastig kletterte Eddy den Mast hoch, hangelte sich an den Rahen entlang und fing an, die Taue zu kappen. Es dauerte eine Weile, aber schließlich hatte er das letzte Seil durchgeschnitten, und der letzte Gegenstand knallte unten aufs Deck. Zum ersten Mal seit Langem sah Eddy aufs Meer hinaus. Und da waren sie, nur ein paar Meilen vor dem Bug – die vertrauten Umrisse von Tidemark Bay.

„Land in Sicht!“, rief er.

Die Nachricht von der Ankunft eines merkwürdigen Schiffes machte in Tidemark Bay schnell die Runde. Als die *Knusperkeks*

in den Hafen einlief, hatte sich so ziemlich die gesamte Bevölkerung des Ortes am Kai versammelt. Langsam segelte das Schiff in den Hafen und dockte dann so sanft wie eine Katze, die sich schnurrend auf einem Schoß einkringelt, am Anleger an.

Eddy ließ den Landungssteg herunter, und keine drei Sekunden später standen ihm die zwei Jungs gegenüber, die ihn bei ihrer ersten Begegnung mit Tomaten beworfen hatten. Der Größere der beiden wog eine halb verfaulte Ananas in der Hand.

„Hey, schau mal, was ich hier für dich hab", gackerte er und hielt die Frucht hoch.

„Weißt du was?", gab Eddy zurück. „Wir haben gerade einhundert bärbeißige Piraten besiegt, den größten Gefahren der Meere getrotzt, einen bösen Süßigkeitenkrämer reingelegt und uns aus den Ketten eines finsteren Verlieses befreit. Ach ja, und beinahe hätte uns ein riesiges stinkiges Untier den Kopf abgebissen. Also, wenn so'n popliges Obst alles ist, was du gegen mich aufbringen kannst, dann bitte schön."

Er starrte dem Jungen in die Augen. Der senkte den Blick und zuckte mit den Schultern.

„Ach, vergiss es", murmelte er. Dann warf er die Ananas ins Hafenbecken und schlurfte davon. „Komm schon", raunte er seinem Kumpel zu.

Aber der rührte sich nicht vom Fleck.

„Nettes Boot", sagte er zu Eddy. „Hat euch wirklich fast ein Untier den Kopf abgebissen?"

„Ja, die Geschichte kann ich dir gern ein andermal erzählen“, sagte Eddy. „Aber jetzt muss ich erst mal dringend jemanden finden.“

Und zwar seine Großmutter. Auf einmal war Eddy klar geworden, dass sie sich bestimmt fürchterlich Sorgen machte, weil er so lange weg gewesen war. Wie lange eigentlich? Vier Tage? Fünf? Garantiert hatte sie längst die Polizei gerufen. Garantiert suchten sie schon nach ihm. Garantiert würde er jetzt großen Ärger kriegen.

Eddy schob sich durch die Menge und suchte nach seiner Großmutter. Und tatsächlich, da war sie. Er rannte zu ihr hin.

„Oma! Es tut mir so leid!“

Die alte Dame schaute ihn verdattert an. „Hallo, Eddy. Kommst du mich besuchen? Das ist aber nett.“

Sie hat vergessen, dass ich schon hier war, dachte Eddy. Sie hat mich gar nicht vermisst. Er stieß einen langen Seufzer aus. Er würde wohl doch keinen Ärger kriegen.

„Ja“, sagte er. „Und ich bleibe ein Weilchen bei dir.“

Aber so leicht kam er nun doch nicht davon. Seine Großmutter musterte ihn stirnrunzelnd von oben bis unten.

„Wo in aller Welt“, fragte sie streng, „hast du deine Socken gelassen?“

So einen aufregenden Sommer hatte Tidemark Bay seit Ewigkeiten nicht mehr erlebt. Als sich die Kunde von den Abenteuern der *Knusperkeks* und ihrer fabelhaften Beute verbreitet hatte, kamen scharenweise Touristen in den Ort. Die Eigentümer von Hotels und Pensionen kramten in den hintersten Schrankecken ihre lange verschollenen „Zimmer belegt"-Schilder hervor. Die Fish&Chips-Buden stellten zusätzliche Kräfte ein. Mehr als eintausend Zelte wurden in den Hügeln oberhalb des Hafens aufgeschlagen.

Der Käpt'n hielt Hof an Bord seines Schiffes. Er hatte seine Hängematte weggeworfen und einen winzigen Teil des Schatzes in einen ausgesprochen bequemen Schaukelstuhl investiert, der vor seiner Kabinentür stand. In dem saß er nun, futterte Kuchen, die die Damen im Ort für ihn gebacken hatten, und ließ kleine Kinder auf seinen Knien hüpfen, während er die Gästescharen mit Geschichten über die fantastischen Abenteuer der *Knusperkeks* unterhielt – von denen einige beinahe wahr waren. Manchmal brachten ihm Kinder Bilderbücher zum Vorlesen mit und halfen ihm bei den besonders schwierigen Wörtern. Und jeden Abend ließ er ein Feuerwerk steigen, das die ganze Stadt erfreute.

Die Crew verwandelte ihren Laden in ein Museum, in dem sie die schönsten Stücke des Schatzes neben ihrer Sammlung von Antiquitäten und Kuriositäten ausstellte. Ganz besonders waren die Besucher von der krakenförmigen kupferfarbenen Kuchenform und von dem als Soldat verkleideten, ausgestopften Hummer angetan. Außerdem rief sie einen Wettbewerb aus, wozu ein gewisses altes Gerät wohl zu verwenden wäre. Zum Kartoffelschälen, lautete die Antwort des Gewinners. Der

Preis war die Maschine selbst, und die Crew war ziemlich froh, die endlich aus ihrem Laden verschwinden zu sehen.

Der Pinguin eröffnete an der Stelle, an der Käpt'n Cockle einst seine Knusperkekse verkauft hatte, ein schickes neues Lokal, in dem er den frischesten Fisch der ganzen Region servierte und die Gäste zudem mit kleinen Showeinlagen unterhielt. Er hatte jede Menge Kundschaft, der Fisch war nämlich ausgesprochen köstlich. Und obwohl seine Witze nicht wirklich lustig und seine Tanzschritte tollpatschig waren und man bestimmt auch ohne den Klang ausgewählter, auf Gummi-Autohupen vorgetragener Disco-Hits gut essen kann, waren sich alle Gäste darin einig, dass man nicht jeden Tag einen Pinguin zu Gesicht bekommt, der eine besonders schicke diamant- und saphirbesetzte Tiara samt den dazu passenden Ohrringen trägt.

Eddy gab seiner Großmutter so viel vom Schatz ab, dass es mehr als genug war, um ihr altes Häuschen wieder herzurichten. Es blieb sogar so viel über, dass sie einen Spielsalon bauen konnte. Dort pilgerte sie dann jeden Tag hin, um zuzugucken, wie die Touristen die einarmigen Banditen mit Münzen fütterten. An Geld würde es ihr nie wieder mangeln. Und genauso, wie ihre finanziellen Sorgen sich zerstreuten, zerstreute sich auch das Durcheinander, das ihr Gehirn umnebelt hatte.

Einen weiteren Teil des Schatzes schenkte Eddy seinen Eltern. Jetzt konnten sie es sich leisten, ihre stressigen Jobs in der Stadt zu kündigen, nach Tidemark Bay zu ziehen und das kleine Geschäft zu eröffnen, von dem sie schon immer geträumt hatten. Dieses Geschäft war ein Geschäft, in dem Superhelden-Kostüme für Haustiere angeboten wurden – aber perfekt ist halt niemand.

Den Rest des Sommers verbrachte Eddy mit seinen alten Freunden von der *Knusperkeks* und seinen neuen Freunden im Ort. Auf einmal wollten so ziemlich alle Jungs in Tidemark Bay mit dem Kerl spielen, der mit einem Piratenschiff herumgesegelt war, unglaubliche Abenteuer erlebt hatte und mit einem unfassbaren Schatz heimgekehrt war. Sie nannten ihn jetzt nicht mehr „Hey, Städter-Spacko!“ oder kurz „Hey!“, sondern „Eddy“ oder „Eddy Stone“. Und manchmal, wenn die Jungs vor anderen Leuten damit angeben wollten, dass sie mit ihm befreundet waren, nannten sie ihn sogar „*der* Eddy Stone".

Das Lied vom seekranken Seemann

Was macht man mit so nem seekranken Seemann?
Was macht man mit so nem seekranken Seemann?
Was macht man mit so nem seekranken Seemann?
Morgens um halb sieben?

Oje! Bald kommt's ihm ho-och!
Boje! Bald kommt's ihm ho-och!
Koje! Bald kommt's ihm ho-och!
Morgens um halb sieben.

Er würd so gern in die Fluten spucken,
kann all das Zeug nicht mehr runterschlucken,
schon spürt er's in seinem Magen zucken!
Morgens um halb sieben!

Oje! Bald kommt's ihm ho-och!
Boje! Bald kommt's ihm ho-och!
Koje! Bald kommt's ihm ho-och!
Morgens um halb sieben.

Gebt ihm ne Mahlzeit mit fettem Essen,
Eier mit Speck sind Delikatessen,
dann ist der Spuckspuk schon bald vergessen.
Morgens um halb sieben!

Oje! Bald kommt's ihm ho-och!
Boje! Bald kommt's ihm ho-och!
Koje! Bald kommt's ihm ho-och!
Morgens um halb sieben.

Gebt ihm Sardinen in Öl und Kleie,
Rum lockert auch noch die Magenbreie,
dann füttert er schon ganz bald die Haie.
Morgens um halb sieben!

Oje! Bald kommt's ihm ho-och!
Boje! Bald kommt's ihm ho-och!
Koje! Bald kommt's ihm ho-och!
Morgens um halb sieben.

Das Gedicht der Buchbuche für den Käpt'n

Das Leben eines Piraten
ist aufregend und wild.
Für Goldbarr'n und Dukaten
schwingt er sein Schwert und Schild.

Doch auch Piraten grübeln
im stillen Kämmerlein.
Gegröle, Rum und Beute,
das kann nicht alles sein.

Im Dunkel der Kajüte,
bei Windesstärke zehn,
wird's einsam im Gemüte,
und niemand hört mein Flehn.

Wie oft hab ich gesungen,
an Herzsaiten gezupft,
Doch weit und breit ist keine,
die meine Tränen tupft.

Die Meerjungfrauen locken,
doch die sind hälftig Fisch.
Ich will ne Frau mit Beinen!
Das wär verführerisch.

So war ich denn bis eben
ein einsam' Kavalier.
Doch Amors Pfeilharpune
schoss jetzt ins Herze mir.

Zu dir bin ich in Liebe
nun lichterloh entbrannt.
Du hast mein Herz entflammet,
so heiß wie Feuerland.

Lass dich von meinen Versen
becircen und betör'n.
Lass mich auf jetzt und ewig
dir meine Treue schwör'n.

Lass uns gemeinsam schreiten
über des Lebens Steg.
Lass uns den Kompass richten
auf einen einz'gen Weg.

Willst du mein Leid beenden?
Willst du mein Liebchen sein?
So salzig sind die Meere
von meinen Tränen allein.

Simon Cherry liebt es, mit Sprache zu spielen und seine vielen lustigen Ideen zu Papier zu bringen. Er hat u. a. als Theater-Redakteur und als Journalist für *The Daily Telegraph* gearbeitet. Außerdem schreibt er Scripts und Drehbücher für Sketche und komische Theaterstücke. *Eddy Stone und der Pirat in der Badewanne* ist sein erstes Kinderbuch.

Mareikje Vogler, geb. 1981, machte eine Ausbildung zur Mediengestalterin und arbeitete mehrere Jahre in der Werbung. Später studierte sie an der Animation School in Hamburg Trickfilm und ist seit 2012 freiberuflich als Illustratorin und Designerin tätig. Mareikje Vogler lebt und arbeitet in Hamburg.

SB
DIE INSEL DER WÖRTER
BUCHBUCHE
FLÖÖTEN-BLÖÖTE
DIE VERLASSENE BLUMENINSEL
PIRATEN-BUCHT
TIDEMARK BAY